朧月書版

朧月書版

鎮魂鈴

Soul Sealing Bell

上卷

風花雪悅 著

兔仔 繪

目錄

contents

目錄

contents

第一章

青磚黑瓦，灰牆魚背，黑底金字的招牌前掛一串可喜的紅燈籠，江南隨處可見的平凡茶樓。

一個青年公子在二樓倚欄而飲，一身白衣，溫潤儒雅。

剛呷了一口茶，就看見一名四十出頭的中年男人往他跑來，正要對那青年公子作揖，卻先被對方請著落座了。

「譚大人，一大早讓我陪我喝早茶，真是麻煩你了。」

「哪裡話，早上出來走走，人也精神。」

譚勝山不算形容猥瑣，但說話時視線總是到處飄，就算說的是事實也帶了三分心虛的感覺。此時，他以比平常更心虛兩分的語氣，跟那位青年公子蘇星南叨念起這個玉羅城的大致情況。

「蘇大……蘇公子，玉羅城雖然比不上杭州城，杭州城美名在外，但風光絕不遜於蘇杭，城郊多數村莊種植稻米，一年能收兩造，足夠應付官府賦稅，男丁們農閒時就到城南的玉羅山山脈幫忙採玉礦，礦石運到城裡讓玉人師傅加工，然後賣到其他地方，所以城裡經營玉石古玩跟字畫首飾的生意最多，大家生活雖不算大富大貴，吃飽肚子是絕對沒問題的。」

「譚大人。」蘇星南打斷譚勝山的話，「我只是來喝早茶而已，公事等回到衙門再談吧。此處茶樓有什麼出名的糕餅點心嗎？還是我讓小二來介紹好了。」

譚勝山心想，蘇星南這種附庸風雅的京官就愛講做派，無非是想給他一個下馬威，便也順了他的話，招呼小二過來。

「蘇公子，你平素在京城吃的都是精緻小點，我就給你寫幾道江南小鄉的農家包點吧！」

「再好不過了，哎，麻煩給我添點茶。」

淳樸的農家包點別有風味，蘇星南風卷殘雲地把點心都收拾了，才拿出錢袋仔細地算茶錢。

譚勝山忙不迭地掏出一錠白銀來：「蘇公子，過門是客，我這個地主爺來給你接接風，這頓我來、我來。」

「這麼一頓小早茶就算是接風？譚大人也太會打算盤了吧？」

蘇星南皺眉，譚勝山只好把白銀收回去了：「那是那是，蘇公子也不稀罕這一點小錢，今晚我在一品軒訂下酒席……」

「譚大人，我是來微服出訪的，你這般大張旗鼓地歡迎，是不是想給什麼通風報信啊？」

一句話嚇得譚勝山幾乎要下跪磕頭了，他哆嗦著手腳搖頭：「蘇公子你想太多了，下官只是想一盡地主之誼。」

「不想我想太多，那你就別做太多。」蘇星南拿起擱在桌子上的摺扇，站起身來，伸了個大懶腰，「哎呀，吃太飽了，上街逛逛好了。譚大人你若公務繁忙，可以先回去，不必陪我。」

譚勝山也跟著起身：「不忙不忙，玉羅一向民風淳樸，大家都是規矩人，沒什麼忙……」

「救命啊！殺人啦！救人啊！」

譚勝山正誇誇其談，就聽見樓下傳來一陣淒厲的呼救聲，蘇星南探頭一看，只見一個布衣小道士被七八個漢子追打，十分狼狽。

「唉，這是誤會，一定是誤會，下官馬上去調停！」譚勝山連忙跑下樓去，隨行的幾名便裝捕快上前去把那些漢子給擋住，「住手！光天化日鬥毆生事，成何體統！」

「是這個神棍騙錢，我們要討個公道！」換下官服，那些漢子都不太認得府尹模樣，只當是有人當程咬金，便繼續哄鬧。

「我沒騙錢！你家婆娘是被陰氣撞了不吃不喝，要用烈陽焰祛除，我用火燒她腳心把陰氣趕走了，她當然就覺得痛了，既然會喊痛恢復正常了，你們又憑什麼讓我賠燒傷藥錢！」

那小道士身形靈巧，一邊反駁一邊在幾個捕快之間東躲西竄，眼看就要被一名大漢捉住，他哎喲一聲，抓起一個賣菜攤子的籮筐就往那漢子扔，蹬一下就往邊上躲。

這一跳，就跳到了剛剛走下樓來的蘇星南懷裡，蘇星南連忙後退一步，卻被客棧門檻一絆，也哎呀一聲地往後倒了去，當心口挨了許三清一個肘子，幾乎把剛才吃下去的包點都吐了出來。

「哎呀哎呀，這位公子對不起啊，救人一命勝造七級浮屠，三清道君都會保佑你的！」許三清連爬帶滾地從蘇星南身上滾下去，扶了扶頭上那幾乎看不出金線顏色來的九梁巾，「咦？這位公子眉目俊朗，天庭飽滿，唇紅齒白，細皮嫩肉，一等貴人相啊！來來來，讓我摸摸，看骨相是獅骨還是豹骨？」

說罷，也不管人家答不答應，就上手去摸蘇星南的肩膀了。

蘇星南生平最厭惡方士術士之流，眼見這個小道士年紀輕輕就滿口胡言，而且舉止輕佻，不禁火起，一把推開他站起身來，皺著眉頭朝那混戰成一團的粗野漢子喝道：「胡鬧！都給我住手！」

那班漢子真的就停下手來了，明明知道那呼喝之人只不過是個二十來歲的青年公子，卻硬是被他的氣勢壓得不敢造次。

許三清連忙躲到蘇星南後頭念念有詞：「我就說你是貴人相啊，還有天威呢！公子要不要去考個功名啊，一定位極人臣……哎呀，公子你怎麼踩我腳啊，莫非你有眼疾？不應該啊，讓我再看看你的眼睛吧！」

「閉嘴！」蘇星南覺得額頭都爆出幾條青筋來了，他把許三清拎出來，扔到前頭跟那群漢子站成對面，「你們說，這道士怎麼騙你們的錢了？」

那幾個田野漢子互看一眼，其中一個走上前說：「幾天前我婆娘得了些風寒，本來吃個藥就好，可這道士非要多事，說她是撞了邪，要燒腳心才能康復。」

「不是不是，你血口噴人！」許三清急忙辯白道，「你婆娘已經三天不吃不喝了，找大夫也不頂用，你才找我去看的。我拿艾草燒她腳心，她喊痛了，回過神來立刻就吃了三大碗白飯呢！是你恩將仇報，不付酬勞還打我！」

「胡說！我們都看著的，就是你騙錢！」對方漢子喊起來比許三清有氣勢多了，許三清勢孤力弱，聲音都被蓋住了，不一會又被對方拉拉扯扯著要打了。

「放肆！」蘇星南又一喝，那個上手去扯許三清衣襟的人一個哆嗦鬆了手，「有糾紛就上公堂，私刑了事，還有王法嗎？」

譚勝山聽到公堂就明白該他上場了，連忙招呼捕快把腰牌都亮了出來：「本官乃玉羅府尹，微服私訪，你們這些刁民，全給我押回公堂去！」說罷，又恭恭敬敬地朝蘇星南道，「蘇公子也請一道回府衙，監督監督下官吧。」

蘇星南點點頭，正準備抬腳，卻見許三清又湊了過來，盯著他看得眼睛都快盯成鬥雞眼了。

「公子，我看你真的不像有眼疾啊！」

「……回公堂！」蘇星南唰地展開摺扇，把許三清給擋了開來。

只見那摺扇上寫著「謫星以南」四個瘦金大字，好生風流瀟灑。

第二章

玉羅府衙公堂下，黑壓壓地跪著八個人。

這八個人可以分類為：許三清和要打許三清的人。

第九個人是站的，那站著的自然是蘇星南了。

換回官服的譚勝山好歹感覺可靠了一點，但那飄忽的眼神總是讓蘇星南想給他蒙個眼罩。

「砰」的拍了下驚堂木，譚勝山對堂下這一群人說道：「你們雙方各執一詞，互相矛盾，還有沒有別的證據能證明自己的話是對的？」

蘇星南搖了搖頭，這譚勝山問的方式不對，要是他們有證據，還會這樣爭執不下嗎？他只能清清嗓子開口道：「譚大人，能否讓在下問他們幾句話？」

「蘇公子請便。」

蘇星南往前走了幾步，來到那個自稱婆娘受傷的漢子跟前：「你說你婆娘是感染風寒，喝了幾天藥，快要好的。那她的病是哪個大夫看的，喝的藥是哪個藥廬開的？」

見譚大人對這位蘇公子言聽計從，那班人都猜到這蘇公子是個大人物，不敢不回話：「我們山野村民看不起大夫，都是自己在山上找的藥草。」

「哦，會自己配藥這麼厲害啊？」蘇星南又問，「那你都找的什麼藥草？」

「呃……我們就知道那種草能熬藥，不知道叫什麼名字。」那漢子開始言辭閃爍，還向自己的同伴打起了眼色。

「大人，我們才是原告，怎麼只問我們不問他呢！」果然，他的同伴就嚷嚷了起來。

蘇星南笑了笑，明明賞心悅目，眼神卻冷得像塊冰：「我問完你們，自然就要問他。許三清！」

許三清連忙答道：「是、是，貧道在。」

「你是什麼時候為他家婆娘燒艾草的？」

「是七天前的晚上。」許三清道，「那天晚上，我正在觀裡睡覺，他們就跑來請我去救命，說他婆娘已經三天三夜不吃不喝，眼看要沒氣了，給我治也是死，不給我治也是死，乾脆來賭一把。我就收拾好家當去給他婆娘祛陰氣了。」

「怎麼個祛除法？」

「他婆娘並非被鬼怪撞身，只是被陰氣入體了，自然抗拒一切陽間吃食，所以我用艾草燒她腳心，陰陽相剋，陽盛陰衰，那陰氣就消散了。」許三清指著那個漢子道，「那晚他家婆娘醒了以後，他還千恩萬謝的。今天早上就帶人來打我，說我騙錢了。我都沒有收過他錢，只跟他要了幾塊瓦片修一修道觀屋頂！」

「你就是騙我錢了，那幾塊瓦片我以為是不值錢的才給你的，後來我打算把整個瓦背頂換了，拿那瓦片去鎮上賣，一個道長看到告訴我，那可是刻了正一符籙的鎮邪瓦，少說要賣一貫錢，你還說你沒騙我錢！」

「哦，就是說，你以為那是不值錢的就給許三清，後來發現是值錢的就去汙衊許三清騙你了？」

蘇星南往那漢子瞥了一眼，那漢子「啊」了一聲，慚愧地低下頭去。

「咳咳，看來此案水落石出了。許三清並無欺騙錢財，你們汙衊他人，還毆打良民，依照我朝律法，各打十五大板！」譚勝山捋了捋黑亮的鬍子，「許三清無罪釋放……」

「且慢！」蘇星南打斷譚勝山的話，「許三清確無行騙，卻並非無罪。」

「呃，請教蘇公子高見。」譚勝山額頭冒出冷汗，這蘇星南到底是要幫哪邊啊？

「我朝律法，道士和尚，方士居士等人，不得在寺廟道觀以外的地方作法事講經義，許三清在道觀外行燒艾草驅邪，也是術法一種，已經觸犯律法。」

許三清急了，一把扯住蘇星南的衣襬分辨：「你這人怎麼這麼不講道理！那大嫂再晚一刻就要被陰氣滅了陽燈，等我把她移動到道觀裡再施法，她早就死了。再說，燒艾草就是術法？那大夫也有艾灸的呢，你怎麼不去捉大夫！」

蘇星南甩開許三清的手，皺眉道：「你伶牙俐齒也沒用，大夫行醫，是律法允許的，你們道士燒艾畫符，卻是不允許的。」

譚勝山試探道：「那依照律法，許三清該怎麼罰？」

「重打二十，禁足三天，若再發現，雙倍懲罰。」

「這位公子，你不過是生氣我非禮你，我給你道歉還不行嘛！」

許三清像捉急的兔子，紅著眼拉住蘇星南講理，卻被衙差扯開，按著肩膀趴下了，下一刻結實的板子就打到屁股上來了。

「啊呀，媽啊！別、別，我真不是神棍，我不是！哎呀呀！」公堂上八個人一字排開，齊齊受板，哭爹喊娘地呼痛聲亂成一片，蘇星南「哼」了一聲，搖著扇子走出公堂去了。

其實看著許三清被按倒受板，蘇星南的心情也沒有好到哪裡去。他討厭的是世界上所有裝神弄鬼害人家破人亡的神棍，單單打一個小道士幾下板子，並不能宣洩他對方術的怨恨。

「蘇公子！」才走兩步，就看見一個小廝模樣的人追上來了，「譚大人處理公務無暇相伴，吩咐小人來作嚮導。」

「嚮導倒不必了，我就到此走走，不礙事。你替我把房間收拾一下，我大概入黑後回府衙去。」

「咦？回府衙？」小廝一愣，「大人已經為大人訂了一品軒上房，如果蘇公子不喜歡住客棧，到譚大人家中也可……」

「不必麻煩，我這人有點毛病，得聞著案子卷宗的味道才睡得著，你在衙門給我安排個乾淨不漏水的房間就得了。」

蘇星南說著，就搖著他那把扇子晃晃悠悠地走開了，那小廝連忙跟上，卻不想十幾步後不見了蘇星南的蹤影，只得按照他的吩咐，回衙門去給他準備房間了。

受過板子以後，許三清一瘸一拐地，外八著腳往玉羅城西一處破落道觀走。唉，明明自己就沒有騙人，還救了一個人，怎麼到頭來不光挨板子，還挨得比誣告他的人更多呢？

師父啊師父，你可真不厚道，當初騙我說如今道教鼎盛，連皇帝都把兒子送到道觀去修個散仙。跟著你混，就算不風生水起也能三餐溫飽。怎麼我才投了你門下十二年光陰，不只道教衰落了，連佛教、儒教都一併式微了起來呢？到底是你倒楣還是我倒楣啊？

許三清扁著嘴嘀咕：「那個蘇公子一定是對我們道教有偏見。哼，虧我還誇他呢，他還對我下此毒手……哎喲，好痛好痛，走不了走不了，得歇一歇、歇一歇。」

說是歇一歇，可這屁股是怎麼都坐不了了。許三清扶著牆站了一會，隱隱覺得兩股有點濕潤，大概是破氣，打出血了。

他摸了摸隨身布包，還有些沒用完的藥粉，也顧不得光天化日，扶著牆一步步挪進了一條冷巷子去，找了幾個廢棄籮筐趴在上頭，就扯下褲子往那紅紅腫腫的屁股撒藥粉。

「哎呀，啊啊……」那藥粉燙起了黑糊糊的血泡，痛得許三清扭腰擺臀起來。

「無恥妖道，光天化日，成何體統！」

一聲怒喝從背後傳來，許三清連回頭扯上褲子都來不及，就被人一腳踹翻了，底下幾個籮筐都滾了開去，他往那青磚地上一跌，馬上蹭得傷上加傷。

「哪條律法不許人家上藥啊！」許三清半光著屁股，又羞又氣，也不管對方是誰，舉起手裡的藥瓶子就往對方頭上砸過去。

「啊！」對方展開扇子來擋。

「又是你！」一看那扇子，許三清就認出是蘇星南。他掙扎著站起來拉好褲子便撲上去打，「我前世殺你全家了嗎？你怎麼老是跟我作對，害我挨板子，連我上藥都要來踹我！你這麼恨我怎麼不直接打死我啊，你打啊你打啊，反正我是個孤兒，沒爹疼沒娘愛連師父都不在，你打死我啊、打死我啊！」

其實許三清是把這些天來受得氣都一併撒了出來，但蘇星南不知就裡，看他一把鼻涕一把淚的樣子也有點可憐，也不動手教訓，只捉住他的手把他制住。

「你好好一個人有手有腳的，不找點正經事做，專事裝神弄鬼，被打也是活該，怪誰呢！」

「就怪你、就怪你！」許三清打不過也說不過，乾脆往地上一蹲，嗚嗚嗚的哭了起來，「我才不是裝神弄鬼，我師父是正一教嫡系六百零一代傳人許清衡真人。我是我師父親傳的關門弟子，我身負門派重任，才不是你說的裝神弄鬼。是你針對我，是你對我有偏見。就是你、就是你！」

蘇星南聽他說自己是孤兒，又是被師父收養的，想他也是個無知小童被騙了也不知道，又看他面黃肌瘦，看來只有十五、六的樣子，也有點於心不忍了。

「只要你答應我，再不做這種江湖術士的勾當，我就幫你找份正經差事，養活自己，也不必受人汙衊，這樣行了吧？」

許三清抬起頭，看見蘇星南是蹲下來跟他講話的，便擦了擦眼淚：「你幫我找什麼差事？」

「呃……在衙門當個打雜的也能有兩頓飽飯，有瓦遮頭，你願不願意？」蘇星南把手上拎著的油紙包打開來，「吃點東西吧。」

「謝謝。」一見是糕餅，許三清也不管自己剛剛擦過屁股藥，抓起糕餅便往嘴裡送。

「唉。」蘇星南站起來，心裡感嘆，好好的一個小孩，怎麼就教他去行騙呢？落得這三餐不繼的下場，真是可憐，他把腰帶上一塊玉佩解下來，「你拿著這個去衙門找譚大人，讓他給你份差事……你可別想著拿玉佩當掉換錢，你敢這麼做，逃到天涯海角我也能把你捉回來！」

許三清接過玉佩，嘖嘖稱奇起來：「好玉好玉，這玉當了起碼要值一千兩銀子，拿去當我還怕人家當鋪給不起銀子呢！」

這小孩子倒有點眼力，蘇星南說：「你去衙門吧，好自為之。」

「公子你要去哪裡啊？」許三清訝異了，這是一條死巷啊。

「嗯？這裡出去不是城南玉羅山玉礦嗎？」蘇星南拿出一張地圖來，「這條是捷徑啊！」

「……公子，這裡是城西。」許三清扶額，原來這天人之姿的蘇公子是個路痴啊。

蘇星南皺著眉頭四處打量：「你沒騙我吧？這裡怎麼能是城南呢？你看葉子都朝那邊長，植物都向陽，那邊才是南邊吧？」

「蘇公子啊，這樹林枝繁葉茂的，你怎麼看出來樹葉往那邊長啊？而且這都快日落了，葉子朝向也都是西邊吧！」許三清撇著外八腳慢慢在前頭帶路，「你看，這不就是礦場的路標了？」

「啊，原來在這裡。」蘇星南恍然大悟，走上去看了看路標的指示，「左邊是礦場，右邊是休息大棚。嗯，我們先去礦場看看。」

說著，蘇星南就抬步往右邊走了。

許三清再也不敢信蘇星南的方向感，拽著他的袖子把他往礦場走：「這麼大個人，連左右都分不清！」

「左右那麼難分，怎麼能分得清啊。」蘇星南皺著眉頭認真回答。

「你拿筆寫字的那隻手就是右手啊！」

「我兩隻手都能拿筆寫字，連畫畫都行。」蘇星南面有難色，「我倒是奇怪，你們怎麼做不到兩手開弓。」

這問題就跟魯班看著手殘問，「我真的不知道你為什麼不能做木工」一樣，許三清決定無視他這傷人自尊的問題。

一會，兩人就走到了礦場入口，播種時節剛過，正是農閒，來幫工的男丁不少，大家都在上繳今天挖出來的礦石，準備下工休息。

「王力，十八斤；李海，十五斤……」一個身穿石青色長袍的帳本先生正在一一清點，眼角餘光看到個人影，便轉過頭來。

蘇星南朝那先生笑道：「賀子舟你這玉魔，還真適合在這占山為王啊！」

「蘇星南！」賀子舟一跳三尺高，把帳本跟筆往副手手裡一塞，就跑了過來，眉開眼笑，「你這路痴竟然找得到這裡來啊！」

「……我不是路痴，我只是偶爾分不清東西南北跟左右。」

許三清插嘴：「那就是路痴嘛！」

「喲，你竟會跟一位小道長同行？」賀子舟看許三清一身道服，不禁詫異，在國子監的時候這小子痛斥方術妖法的樣子可還歷歷在目。

「他已答應我改邪歸正。」蘇星南滿不在乎，攬過賀子舟的肩膀就走，「走走，我有東西要你幫忙看看。」

「別把手拉腳，我這裡工夫還沒做完！」

「那你趕緊。」

「還不是你拖延的！」

聽兩人鬥嘴的情況就知道他們是熟悉的好朋友，賀子舟打發蘇星南一邊坐了，自己去收拾首尾。許三清眨眨眼，對蘇星南說：「蘇公子，你這個朋友，很喜歡玉石嗎？」

「是啊，他對玉石的研究算得上是幼承庭訓，青出於藍。」

賀子舟是蘇星南在國子監裡的好友，來自全國最大的玉石世家，他家本想供他去考一官半職，但無奈家道中落，賀子舟也被迫中斷學業，返回家鄉做事餬口，想到這處，蘇星南不禁有點惋惜了。

但許三清可不是打算八卦別人的身世，他兀自念念有詞：「那可不妙啊，好玉鎮邪，妖玉聚陰，這公子是也是陰氣體質，估計得生病啊……」

「你又在胡說什麼！」蘇星南皺眉打斷他的話，「你不是答應我不再做這種神棍勾當嗎？」

「我只是答應跟你到府衙打雜，可沒答應你就此廢棄本派道學啊！」許三清吃飽了，多了幾分「貧賤不能移」的氣魄，「你要是繼續汙衊本門，我就、我就……」

蘇星南挑眉：「你就怎樣？」

「我就不理你！」許三清恨得牙癢癢，卻礙於師門規定絕對不能施法作弄別人，只能跺跺腳，別過臉去生悶氣。

「哼，還嘴硬，如果那不是裝神弄鬼的伎倆，又怎麼會拿我無可奈何？做個法不就能讓我生不如死了嗎？」蘇星南以為他理虧，更加得意了，「再說，你們道門高人不都能飛簷走壁嗎？怎麼會幾個漢子打到求饒，被我一腳踹倒呢？」

「那、那是我學藝不精！」

「那你找個學藝精的來對付我啊，你總有幾個師兄師姐吧？」

許三清一時語塞，他自入門以來還真的只見過師父一人，從沒有見過任何同門，上哪裡找出息的同門來為自己出氣呢？

「喂，你就別欺負人家小道長了。」賀子舟走過來，拍拍蘇星南的肩，又朝許三清笑笑，「我可以走了，今晚我做東吧，兩位都來，今晚就當個世俗人，勿論方外事了。」

「謝謝。」許三清對這位賀先生頗有好感，便朝他躬身道謝，餘光瞥見了礦場工人把一些零碎的玉料扔進一個小凹口裡，好奇道，「那些玉都不要了嗎？」

「要，怎麼不要。雖然零碎，但都是貨真價實的玉啊！」賀子舟解釋道，「不過這些玉料太細碎，我們習慣把它們存起來，存到一定量再一次清走，這麼細碎的即使被偷也不是什麼大損失。」

「那個小凹口是什麼？」

「哦，是個乾涸了的小池塘。」

「小池塘?!那不行，趕緊把玉搬走！」許三清猛地跳了起來，捉住賀子舟的手臂猛搖，「有玉有水，還在山裡頭，想不聚陰都不成啊。趕緊把玉移走，把池塘填平，再種上桃木，要不長久下去，輕則病倒，重則死人啊！」

「許三清，你夠了沒！」蘇星南「霍」地站起來，「胡說八道，怪力亂神，你是不是想再挨一次板子！」

「我挨板子你就肯按照我說的做嗎？那我馬上跟你回衙門！」許三清倔脾氣上來，也是毫不相讓。

「哎哎哎，別吵別吵，不過是個小事情，哪用得著吵呢？」賀子舟趕忙調停，「其實小道長不說，我們也打算弄個倉庫出來，專門放碎玉的，所以你不用擔心，星南你也別聽風就是雨，人家又沒說要開壇做法，收香油納供奉，你焦急什麼呢！」

兩人聽了，都冷著臉轉過身去哼了一聲。

「走吧，去吃飯了。」

賀子舟拉著蘇星南走，才剛想叫許三清，他就甩了甩袖子，自己一個人跑開了。

第三章

「喲，小道長脾氣倒不小啊。」

一邊走路，賀子舟一邊開解蘇星南：「你啊，這麼久，脾氣還是這麼硬，人家又沒偷沒搶，沒要收錢驅魔捉鬼，你又何必把人家的信仰說得一無是處呢？」

「那不是信仰，那是妖道！」

「你又來了，妖道，是迷惑人不做好事做壞事的，可你看人家小道長，一心一意就是怕我們生病出事，哪裡有害我們的意思呢？就算把那坑平了，把玉搬走了，於他有什麼好處？」賀子舟道，「我知道你爹……」

「別扯我爹身上去，我厭惡那些神棍，是因為他們很多人都傷天害理。要不，皇上也不會在數年前禁止這些宗教活動了。」蘇星南搖搖頭，「得了，別說這些話了，我們好久不見了，今天不說掃興話，只管不醉無歸。」

「那可不行，我要是醉了，憑你那方向感，可真要無歸了。」

「……接下來走哪邊？」

兩人在玉羅城裡吃喝一番，賀子舟把蘇星南送到衙門才折返礦場大棚。這天收穫其實頗多，他打算把帳目理一理，也好趕上月底上繳朝廷。

打著火石，把自己帳篷裡的油燈點上，賀子舟開始翻看帳本。

一陣風過，彷彿傳來了一陣悲哭，賀子舟一愣，拿手去給油燈擋風。

另一陣風吹到了他鼻間上，睡意頃刻排山倒海而來，賀子舟身子一歪，趴在了桌子上。

許三清怒氣沖沖地跑回城西那座破落道觀去，氣鼓鼓地往地上蒲團一坐，痛得又生氣地喊了一聲「哎喲」。

——哼！明明是什麼都不懂的凡人，竟敢汙衊我正一教是裝神弄鬼的騙子?!

想當年他剛剛拜入師父門下時，正是皇帝把太子送到道觀裡學習修道的時節，天下人都以皇家馬首是瞻，對僧道皆十分和善信賴，常有布施。他也經常看師父為百姓排憂解難，驅魔捉鬼，道術確實是真才實學，能造福萬民的一門學問。

所以即使後來師父仙遊了，他憑著一些皮毛也能把自己養活，卻不想五年前皇帝忽然怒斥神佛之說是虛妄妖邪，禁止所有修真之人進入京城。除已成習俗的，不許任何僧道在外進行門派活動。要不是朝廷一副要把他們趕盡殺絕的模樣，他也不至於落到如此潦倒境地。

最可惡的是，那個蘇星南竟然還反駁得頭頭是道，而自己偏偏無法拿出方法來教訓教訓他。

許三清本就生氣得想破口大罵，但想到蘇星南那張秀色可餐的臉，明火也都轉成了悶火，擠在心裡無處發洩。他悻悻然扯了兩個蒲團，一個墊頭一個墊屁股，從布包裡摸出一本書來，就著微弱的月光，瞇著眼睛細看，一邊看一邊嘴裡念念有詞。

「哼，我師父是正一教六百零一代許清衡真人，我是我師父親傳的關門弟子，師父說我有仙緣，只是時機未到要經受考驗。我不是神棍，只要我好好學習，把道術都學會了，就會像師父一樣厲害，再把鎮派寶貝找回來，就可以向聖上展示神威，重振道門聲威！師父你放心，我不會消沉的，我一定好好學習，找好多好多法寶回來，重振本門聲威。我一定會的、我一定會……」

許三清把書塞回布包裡，翻身把臉埋在蒲團裡，嗚嗚地哭了起來，哭得累了，便縮成小小一團，攬著那爛蒲團睡過去了。

許三清粗生粗養，倒是一夜黑甜睡得安穩，直到嘈雜的人聲來到身邊也沒反應，還是被人推了兩把才醒的。他揉揉眼睛，看見幾個捕快，嚇得跳了起來：「差大哥，我這不是被罰禁足三天嗎？這就是我家啊，我沒到外頭你們可不能冤枉我捉我去再打一頓！」

「說什麼傻話？我們來找人。」捕快把一張畫像給他看，「有見過這個人嗎？」

「咦？這不是礦場的賀先生嗎？」這畫像畫得很好，一看那清秀和氣的樣子就是賀子舟。

「對對對，有見過他嗎？」

「我昨天傍晚在礦場見過他。」許三清整整衣衫，想了想，「我知道他接著跟那個蘇公子一起去吃飯了。」

「這我們知道了，那之後呢？入夜以後，有沒有什麼人走到這邊來。」

許三清搖頭：「我很早就睡了，沒有留意。賀先生不見了嗎？現在還早啊，說不定他去吃早飯而已。」

「小子，你會帶著幾百斤玉石去吃早飯嗎？」捕快聲音大了一些，威嚇道，「大人懷疑賀子舟監守自盜，連同盜匪盜竊玉石，你要是見到了一定要告訴官府，說不定還能換口酒錢，可別不知死活地包庇他啊！」

許三清搖頭搖得像鞀鼓：「怎麼會呢，我可是一等良民。」

「最好如此。喂，我們去搜另一邊！」

這破道觀也就這一點地方，捕快們搜不到什麼，便轉去其他地方了。

許三清皺起眉頭來，在觀裡踱起步來，賀先生看起來不像那樣的人啊，而且幾百斤玉石要搬走談何容易。還不如把玉石當場剖了，只撿大塊的，水頭兒好的拿走，幾百斤的原石搬回去，要是剖開來都是淺淺一層皮，那不是虧大了嗎？

那個碎玉池子嫌疑最大，但此刻他被罰禁足，不能出道觀一步，否則就是犯規，誰知道又要再罰多少板子啊！

或者，賀先生真的只是去了別的地方轉一轉呢？

許三清停下，昨天賀子舟為他解圍的情境在腦海裡浮現出來，他咬咬唇，用力跺了一下腳：「大不了再打一頓，人命關天呢！」

說罷，許三清一把捉起那破布包就往城裡跑。

蘇星南皺著眉頭看案上卷宗，往日一目十行，今天卻是一炷香了還翻不過一頁。

他心思根本不在卷宗上。

早上礦場工頭來報案，說賀子舟跟礦場裡的原石全都不見了，像是監守自盜，蘇星南雖然相信賀子舟，但上繳玉石的日期快要到了，到時交不上數，那賀子舟無論是不是監守自盜，這責任都一定會推到他頭上的。

蘇星南也想早點出去找他，但他知道自己這路痴的毛病，待會自己走丟了，還要把人手分出來找他，豈不是添亂？

現在他只能在衙門裡坐立不安，期望捕快們趕緊把人找出來了。

譚勝山忽然跑進內堂內：「蘇大人，昨天那個小道士又來了。」

蘇星南眉頭皺得更緊了：「不是罰禁足了嗎？不在家思過又跑出來。討打？那就成全他再打十五！」

「不不不，大人你先聽我說完。」

譚勝山知道賀子舟是蘇星南同窗，也知道蘇星南氣在心頭，但正因如此才要說個明白，要不萬一那小道士說得是真的，自己卻沒報上來，豈不是錯在他了？

「那小道士說他有辦法救賀子舟，請大人一定要見他一見。」

「救？」蘇星南聽著用詞，莫非賀子舟是被偷玉石的賊人捉住了當人質，許三清知道了來通風報信，「快傳！」

不一會許三清便咋呼地跑了進來，瞧見蘇星南便衝，蘇星南也上前，趕著要知道消息，兩人衝到跟對方面對面了站住，張口便問。

「賀子舟在哪？」

「帶我去礦場！」

這兩句話重疊在一起，還挺押韻，蘇星南愣了愣才反應過來問：「去礦場幹什麼？你還是趕快帶我去救賀子舟吧。」

「就是去礦場才能救賀先生啊！」許三清拉著蘇星南往外走，「我早說過那樣的布局是要出事的，你趕緊帶我去礦場觀察下環境，捕快圍在那裡我進不去。」

「你是什麼意思？」蘇星南拽住許三清，「你是想告訴我，賀子舟不見了是被妖魔鬼怪給捉走的？」

「也不一定是捉走，很有可能是他被迷了心智自己跟他走的……哎喲！」許三清正解釋，蘇星南就生氣地把他一把推開。

「我沒空聽你胡說八道！」蘇星南臉色鐵青，一甩衣袖轉身道，「送客！」

「人命關天，你就不能先把你那高貴的尊嚴學識放一邊嗎？」許三清急了，從布包裡掏出一張黃符紙，咬破舌尖吐了一口血上去，「天地靈氣，正一借法，開！」

「你發什麼……哎！」蘇星南回轉身來想罵他，就被他一道黃符拍到了腦門上，他伸手去扯，卻怎麼都拉不下來，「你玩什麼把戲！」

「你別動，跟我來！」許三清拉著蘇星南跑到外面，指著院中的花草樹木，「你看到什麼東西了嗎？」

「我又不是瞎子！」那道黃符撕不下來，蘇星南只能把它掀起來，「還不是一樣的花草樹木……就是有點霧氣，咦？」

蘇星南定睛看去，那籠罩在花草樹木上的一團團的水氣不是白色的，而是泛著些淡綠的顏色，他揉了揉眼睛，那綠氣也沒有散去。

「你看看我，我又是什麼樣的？」

蘇星南聞言，拉開兩步，打量起許三清來，只見人還是那個矮小瘦削的小道士，周身卻也一樣蒙了一層淡淡的水氣，不是白色也不是綠色，而是很淺很淺的藍色。

「這是……」

「我用靈符給你開了天眼。」許三清把那黃符扯下，蘇星南只覺得額頭彷彿被重擊了一拳，頓時暈眩起來，許三清早已料到，伸手扶住他，「我借法力強行打開你天眼，你靈氣外洩，是會暈眩一陣的。」

「……那些水氣是什麼？」蘇星南並不馬上就認同許三清的話，或者他只是使了個障眼法呢？

「氣，萬物皆有氣，生物有生氣，死去後有死氣，修道人有真氣，墮入外道的會有邪氣。」

許三清看看蘇星南，見他一言不發，眉頭緊蹙，眼神雖有動搖，但更多的是疑惑，不像相信，不禁在心裡嘆氣，賣豬肉的大叔說美人都沒什麼腦筋很容易騙，我看大叔你才騙人。

「我知道讓你一下子相信我說的有點困難，但你就讓我試試看啊！反正你也沒別的法子，救人一命要緊啊！」

反正你也沒有別的法子。

蘇星南總算鬆開了眉頭，他搭著許三清肩膀，那沒幾兩肉的骨頭硌得他手痛：「你要是敢愚弄本公子，就不是二十大板的事了。」

許三清哭笑不得：「走了，蘇公子！」

蘇星南跟在許三清後頭來到礦場，礦場已經停工了，只有捕快守在礦場入口，捕快都認得這「低調」地微服私訪的蘇公子，不做阻撓便讓他們進去了。

「昨日我跟賀子舟在辰時末刻分手，捕快說他帳房裡的油燈有燒過的痕跡，應該是回來後不見的……喂，我跟你說話呢，許三清！」

許三清剛走進礦場，沒幾步便停住了發呆，蘇星南喊了他幾聲他才回過神來：「哎，你們說賀先生不見了?!」

「是啊，連同那幾百斤的玉料原石……」

「他在這裡啊！」許三清指著那個原來放玉碎的小池子，「他在這裡。」

蘇星南看了看那小池子，奇怪了，小池子裡的玉碎也不見了，難道那些賊人竟連玉碎也不放過？

「我不明白你的意思。」

「唉，這裡，就是他就在這裡，你們卻看不見他。」許三清走過去蹲下，摸了幾把池底的泥土，「還好是乾的……」

「你是說有人在這裡設下了類似陣法這類的東西，讓我們看不見他？」蘇星南讀過兵法，八陣圖就是這類疑陣的典型，通過特殊的地理環境讓敵人看不見己方的動靜，但現在這裡開闊寬敞，哪裡有什麼陣法痕跡？

「差不多是這樣的意思，但這陣法不是石頭泥木，是妖法妖力。」許三清見蘇星南又皺眉了，趕緊跳過這段，「總之，我有法子讓賀先生回來，但現在日頭正盛，沒法子破陣，等到日落以後，月光出來了，我們再來。」

「難道不是趁白天陰氣弱才好破嗎？」

蘇星南說這話純粹是要跟許三清抬槓，但許三清卻有點開心了，以為他對陰陽道法沒那麼排斥了，便耐心地給他講解起來：「一般人被民間傳說誤會了，都會這樣想。可是你想想，如果我要來明目張膽地來你家殺人搶東西，你明知道自己白天的時候最虛弱，你會不會把門關得比平常緊？」

「那是自然會的。」

「人會這樣想，山精鬼魅也會。」許三清指了指整一片玉羅山，「我覺得是這裡的玉氣凝結成了精怪，才會來迷人。」

「玉器？這沒有玉器，玉石加工成玉器都在城裡做。」

「不是那個玉器，是氣。就像你剛才看見的模糊的生氣一樣，雖然都是石頭，但玉石的靈性更高，又是這麼一大片一大片的，玉氣凝聚，背陰集水，就容易成怪了。」

許三清一邊解釋一邊拖著蘇星南往礦場外走，蘇星南微微蹙了蹙眉，掙開他髒兮兮的手：「去哪裡？」

「當然是去買些家當啊！這可是玉羅山的玉靈啊，你以為真的只要黑狗血一潑、童子尿一灑就完事啊！」許三清說到這，忽然抬起頭來，眼神裡充滿了期待，「蘇公子你還是不是童子啊？雖說不是萬試萬靈，但備著些總沒錯。」

「……」蘇星南展開摺扇擋住了許三清湊過來的臉，把他推開了十步遠。

道教這幾年被打壓得厲害，基本上已經找不到光明正大賣這些東西的鋪子裡，兩人跑了不少棺材鋪、紙紮鋪、菜市場，最後連藥材鋪都去了，許三清才拍拍大大的布包說：「好了，我們到衙門大牢去。」

「衙門大牢？去那裡幹什麼？」

蘇星南一路沉默看他置辦東西，像什麼桃符黃紙，礞石朱砂，他還能猜到一二是作何用處，但看到後來一些奇奇怪怪的東西他也不懂了，心想反正他也只有付錢的份，便不再理會，這下聽他說要到衙門大牢，如此重地卻不得不問清楚了。

「大牢裡煞氣重，你幫我問問，有沒有哪把逼問犯人的刑具曾經把犯人打死了。」

「胡說，豈有這等屈打成招的案件！」蘇星南斥責道。

「呃……那，那用得久了的刑具也可以，越久越好。」

「我幫你問問。」蘇星南走了兩步，皺了皺眉，把摺扇收起，拿過那壓得許三清走路直喘氣的大布包，「你要那刑具幹什麼？」

「那個叫殺生刀，殺氣很重，平常小妖怪叫他劃一刀就沒了。」

「不是用桃木劍嗎？」

「殺生刀又不是隨處可見。再說，殺的人越多殺氣越重，最後反過來吞噬主人的事情也是有的，所以一般人用辟邪的桃木劍也就夠了。」

「那你幹嘛要用殺生刀？」蘇星南這一問，許三清就紅著臉不做聲了，蘇星南便恍然大悟，「一般人道行高深用桃木劍就夠了，你這個小道士學藝不精所以要去找殺生刀壓一壓場子是不是？」

「……要你管！」

——師父，徒兒對不起你，學藝不精讓外人踐踏正一道門的尊嚴了！

許三清毫不猶豫地把個人榮譽上升到門派恥辱，可惜他師父已經不能為了門派雪恥，幫他教訓這個可惡的蘇星南了。

到衙門問了一輪，還真問出了這樣一把刀來。很多年前有個捕快捉賊，不想撞破自己老婆勾漢子，一怒之下拔出佩刀來便殺了姦夫淫婦後自殺，其他捕快嫌棄它晦氣，那把刀就一直放在衙門沒用。

得了這把背著三條人命的殺生刀，許三清頓感壓力少了很多，也不再折騰了，就在衙門裡頭歇息了半天。

蘇星南其實挺想問問他，昨天不是才挨了二十大板嗎？怎麼今天這麼生猛。但回頭一想，這小道士還真的像賀子舟說的那樣，並不是為了錢財，而是為了救人才這麼用心出力，也就不挖苦他了。養精蓄銳一番，吃過晚飯，待到入黑，兩人便一同到礦場去了。

第四章

夜色中山路更難辨認，許三清走兩步就往蘇星南看一眼，生怕他走丟，最後他索性拉住他一隻袖管，像遛狗一樣拉著他走了。蘇星南雖然極不情願，但現在他當真分不清東南西北了……雖然從來就沒分清楚過，也只能讓他拉著了。

走到礦場，蘇星南尋個理由把捕快遣走，回頭就看見許三清在地上放了一碗清水，插上一面黃旗，又用銅錢擺了個圖案。蘇星南剛過去看熱鬧，許三清就把殺生刀讓他手裡一塞：「待會我要作法破開這結界，肯定有什麼東西來阻礙我，你幫我把他們打退。」

「什麼?!」蘇星南一愣，「我又不會念經作法，怎麼打退？」

「來阻撓的不會是什麼厲害角色，用這把刀就夠看了！」許三清不由分說地把他推到一邊去，「別磨蹭了，我要開始作法了。」

「……反正我不信。」蘇星南握著殺生刀站一邊去喃喃自語，也不知道是不是心理作怪，總覺得四周涼了很多，「哼，才不會有什麼妖魔鬼怪呢！」說罷，硬是抬頭挺胸，站直腰桿，擺出一副莫不在乎的樣子。

微涼的夜風拂起衣角，朗朗月色灑在一身白衣的蘇星南身上，投下了修長的陰影。明明是高大修長的身材，那一臉不在乎的神情卻讓人覺得風姿搖曳，隱隱有些勾人的懶散情色。許三清差點口水都流了下來，咳咳兩聲，別開眼去不看他，定下心來繼續擺弄陣法。

「天地靈氣，正一借法！敕令東方天帝，乾坤青龍，生！」

許三清步踏天罡，起手借法，一道深綠藤蔓忽從那小池子裡破土而出，蘇星南嚇了一跳，隨即聽見一陣咯吱咯吱的聲音從身後傳來。練武之人的習慣，打了再說，當下回手一刀砍下，卻是「鏘」的一聲，震得他虎口生痛。

那殺生刀砍在一個渾身綠油油的玉人身上——這個玉人不是美女，是貨真價實用玉石雕刻的人像，它沒有生命智慧，被蘇星南砍了一刀也不躲閃，反而撲了上來，一雙堅硬有力的玉手捉住蘇星南肩膀把他甩開，那力度幾乎捏碎了他的肩骨。

「別讓他過來！」正專心控制那青龍木藤攻擊結界入口的許三清滿頭大汗，雙手微微發抖，光是控制這青龍之力就夠他受的了，哪裡分得出身去幫蘇星南？

「切！」蘇星南一個鯉魚打挺，攔腰抱住那個已經衝到了許三清背後的玉人，硬把他拖後了十幾步。那玉人抬起手來就往他背脊上猛撞了幾肘子，蘇星南被他捶得一口鮮血噴了出來。

那口鮮血一口噴在玉人腰上，無知無覺的玉人卻忽然像會痛一樣，把他甩了開去，沾了血的地方冒出陣陣青煙。蘇星南一下想起許三清問過他是不是童子身，當即拿起那殺生刀往自己手臂上劃了一刀，舉著滴血的刀刃直劈向玉人天靈。

殺生刀「鏘」的一聲劈入那玉人的腦袋，穩穩當當卡在正中，抽也抽不回。還好那玉人也停住了動作，蘇星南便一腳把它踢飛開去。那一道筆直裂紋從頭蔓延到腳上，「劈啪」一聲玉人便裂作兩半，摔到地上粉身碎骨。

一陣淡淡的青煙從玉人碎片堆裡升了起來，不久便散了。平常人要開了天眼才能見到的氣，如今用肉眼便能看見，可想那玉氣積累得有多深厚。蘇星南撕下一方衣襬綁住傷口，擦擦嘴角的血，才去看許三清。

許三清背心都濕透了，雙目緊閉，一張小臉皺成一團，臉頰咬得鼓起了青筋，髒兮兮的雙手接著手印，不斷發抖，卻仍堅持著不鬆散，似乎在控制什麼巨大的力量。

蘇星南不敢吵他，只見一那道深綠色的藤蔓纏繞成一股粗大的戰矛，直插向小池子中一個地方，似乎不斷地往地底下鑽，那泥土卻像鐵壁銅牆，任憑戰矛刺插，全然不動。

蘇星南剛才聽到許三清向東方天帝借法，東方青龍司木，想必許三清是想借木神的威力衝開結界？

等等，五行相生相剋裡頭，土生木，火克土啊。這些東西蘇星南耳濡目染也知道一些，這玉石屬土，該請火神祝融來吧？

蘇星南看著許三清越發蒼白的臉色，心裡十分焦急：『他該不會連神仙都請錯了吧？』

正在蘇星南猶豫要不要提醒他的時候，許三清大喝一聲，轉換了一個手印，做出一個像箭頭穿心的手勢，那戰矛般的藤蔓終於刺破泥土，直掀翻了三層黑泥，一陣尖厲的嘯聲從破洞中傳了出來。

許三清白眼一翻，直直往後倒去，蘇星南一把撈住他，幸而他也沒有完全昏厥，只是體力不支，有些虛浮。他扶著蘇星南的肩大口喘氣，而蘇星南看他如此虛弱，若此時又衝出一個像那玉人一樣的怪物，那可不得了了，便不由得皺了皺眉，握緊了那殺生刀。

四周仍是一片安靜，那黑深深的泥洞慢慢溢出許多綠白色的玉氣，不消多時便把兩人籠罩在裡頭，許三清勉力站好：「來了。」

「什麼？」蘇星南緊張得很，不覺又握了握刀柄。

「賀先生。」

「咦？」

蘇星南正詫異，只見那玉氣慢慢散去，兩人此時卻非在礦場了，而是一處修葺得像富貴人家大廳的地方，賀子舟滿臉春風地朝他們走過來，一臉歡欣喜悅：「星南你可來了，我才剛剛讓下人送信去給你呢，他們手腳可真麻利啊！」

「子舟?!」蘇星南見是賀子舟，放開了握刀的手，「你這是去了哪裡？」

「我去哪裡？我就在這裡啊。」賀子舟奇怪地看著他，又看看許三清，「你們兩個怎麼弄得如此狼狽？」

「賀先生，是什麼人把你帶到這裡？」許三清本想開天眼看看，但剛才耗力太多，無法再施術法了，只能用問的。

「啊，我都忘了跟你們介紹，我啊，遇到了自己的姻緣。她叫羅小玉，是隨父親到此地經商的小姐，我們一見鍾情，他家要招我做上門女婿呢。」賀子舟一邊說一邊就往裡間喊，「小玉，妳出來見一見我的好朋友！」

蘇星南跟許三清都急了，這一喊豈不是要把大妖怪給喊出來嗎？他們想悄悄帶走賀子舟都不行啊！但賀子舟已經喊開了，裡頭的人也應了一聲「哎」，此時想阻止也來不及了。

許三清擦擦額頭冷汗，蘇星南握了刀柄，嚴陣以待地等那羅小玉出來。

蓮步輕移環佩響，清輝月影玉人來。這次的玉人，卻真真實實是個美人，但許三清跟蘇星南都嚇了一大跳，瞪大眼睛說不出話來。

那羅小玉款款步進，環佩叮噹，青藍羅衣，雖然嫵媚妖嬈，確實足以叫人一見傾心，但，但那張臉，怎麼看都跟蘇星南一模一樣啊！

「小玉，這是我跟你說過的蘇星南，是我在國子監時認識的好朋友。這位小道長是新相識，但也是個好心腸的人。」賀子舟卻像一點也沒發現，熱情地為他們互相介紹起來，「星南，這位就是我的未婚妻羅小玉，怎麼樣，不比楊雪小姐差吧？」

蘇星南臉色一陣白一陣紅，咬牙切齒地抽出別在腰間的摺扇，敲了賀子舟頭頂一下，「混帳，你要被鬼迷，也別被這種低級鬼迷啊！」

「哎！」這一下並不用力，卻是敲得賀子舟一陣頭暈，羅小玉一把握住蘇星南的摺扇，扶賀子舟坐下，「這位公子，有事好商量，怎麼能打人呢？」

「豈有此理、豈有此理！」羅小玉這一開口，連聲音都跟蘇星南一模一樣，蘇星南更氣了，一把拎著賀子舟的衣領把他揪起來，「你睜開眼睛看看這羅小姐，是不是長得跟我一樣，你還說她是小姐，我呸！」

「咦？」賀子舟一臉如夢初醒，眼中卻沒有驚訝，只是恍然大悟地拍了拍額頭，「難怪我覺得小玉一見如故，原來是長得像你啊。哈哈，這巧合也太奇怪了，不過沒關係，大不了你跟小玉結拜作義兄妹好了，我就吃點虧自降輩分，當你妹夫了。」

「降級你妹夫！」

蘇星南擋開要來勸架的羅小玉，拿起摺扇就啪啪啪地猛敲賀子舟的額頭：「三更半夜你到哪裡去邂逅官家小姐，荒山野嶺你去哪裡上門當女婿？被女鬼迷就算了，這女鬼長得跟你好朋友一模一樣你竟然也沒發現。賀子舟你整天看玉石看壞眼睛了是不是！我打醒你，讓你看看你最喜歡的玉石都怎麼對你！」

「啊呀，好痛、好痛，別打了，星南，別打了！」雖說蘇星南武功高強，氣在心頭，但也絕不可能向好友下重手的，然而那幾下摺扇卻像是公堂的板子，打得賀子舟在地上打滾，「好痛，啊，我的頭好痛！」

「蘇公子接著打，你的摺扇是用桃木做扇骨的，能驅邪辟妖。」許三清說著，也摸出了一道黃符擋在羅小玉面前，「妳再過來，我就直接把這符貼到他額上，讓他立刻見到妳真容，嚇得魂飛魄散我就不管了！」

羅小玉果然顧忌了起來，這一遲疑，賀子舟已經被打得眼冒金星，慢慢清醒過來：「我、我這是在哪裡？哎呀蘇星南你找死啊，怎麼打我！咦？怎麼，有兩個蘇星南？」

「你可算醒了。」蘇星南停下手，賀子舟皺著眉頭往羅小玉看去，面色逐漸白了起來，「妳、妳是……我昨晚……」

羅小玉眼色一沉，猛地一揮手，一道生氣從賀子舟口鼻冒出來，賀之舟兩眼一黑便暈了過去。

「妖孽放肆！」許三清連忙往賀子舟額上貼上一道紅符，護住他命魄，「速速把賀先生魂魄交回，否則叫妳不得超生！」

「叫我不得超生？」羅小玉笑了笑，一身女子裝束裝飾轉瞬化作一襲青綠色的男子長衫，黑髮如瀑，膚若白玉，若非那股妖媚氣質不變，恐怕連蘇星南都要以為自己有個失散的孿生兄弟了。他以近乎輕蔑的聲音向許三清說道，「小道士，你若是還有法力，怎麼不一下拍散了我施展的術法，破去這結界，直接帶他離開，卻在這跟我虛張聲勢？」

聲音倒是不再像蘇星南了，十分溫潤，如水嫵媚。

許三清兀自逞強：「我是看你並無傷害賀先生，覺得你心存善念，才放你一馬。」

「你到底是什麼妖怪？」蘇星南把賀子舟護好，對羅小玉怒目道，「你要害賀子舟，一整天的時間怎麼不害，現在卻非要吸走他靈魂？」

「妖怪？我可不是妖怪，我是這玉羅山玉氣凝聚孕育的靈，你怎麼能把我跟那些低級的東西相提並論呢。」羅小玉朝蘇星南淡漠一笑。

這種被自己的臉蔑視的感覺讓蘇星南十分鬱悶。

「原來你真是玉靈，難怪連青龍帝君都要花那麼多時間才能把你的結界破開。」靈只遜仙一級，許三清不解道，「再過百年，你就能往仙道走了，為什麼要殺傷人命，自折功德？」

「我害人？我這是在報答他。」羅小玉不屑一顧地打量這兩個不明就裡的人，「數年前，子舟阻止了知府以炸山的方式取玉，自己擔當起這裡的監工。他是真正懂玉，愛玉之人，我以身相報，他傾心於我，你情我願，有何不妥？」

「你變成我的樣子還說有何不妥?!」這話一出口，連蘇星南自己都覺得有點不對勁，「你為什麼要變作我的樣子……去報答？」

羅小玉朝蘇星南詭異一笑，轉眼間他便到了蘇星南跟前，許三清連轉身都不及，就被他一個袖風掀翻在地。

蘇星南發現自己動不了了，只能任羅小玉彎下腰來勾起他的臉：「你說呢？」

蘇星南沉默了。

「你真以為，子舟退學國子監，全是因為家道中落？」

羅小玉說完這話，猛地朝他胸口擊出一掌，卻並非要取他性命，只是緊緊地揪著他胸膛，好像想把他的心挖出來一樣：「我這數年間，幾次化作不同形貌接近他，他皆不為所動，直到昨天我見到你們在一起，我才知道是為什麼。」說話間，五指成爪，在蘇星南心口落下五個血洞，「我倒想看看你的心到底有什麼好的，值得子舟為你如此牽掛？」

「散！」

一道黃符箭一般飛快劃來，貼在了羅小玉手臂上。原來是被忘在一邊的許三清，羅小玉眉頭一皺，縮回那冒煙的手，童子血，當真痛得緊。

「你既然喜歡賀先生，為什麼不讓他活著回去！」許三清跑過來攔在蘇星南跟前，「你既然喜歡他，就讓他知道你不過是幻境啊！看他到底選擇在幻境裡沉淪，還是在現實裡痛苦，這是他的事情，你無權為他作決定！」

許三清一個小人兒擋在蘇星南高大的身軀前，場面挺滑稽的，但於蘇星南而言卻是很震撼的。他跟賀子舟，與這小道士非親非故，他先是不顧一切勸他們更改礦場格局，然後又不顧禁足令，冒著打屁股的險來找他救人。現在擋在他身前，更是有一種「要殺他就先殺我」的威風。這、這難道就是這些修道人的風骨傲氣？

這番話倒是說得羅小玉挑了挑眉：「沒錯，你說得對，我是該讓他選擇的。」說罷，他一揮衣袖，只見那層層青白的玉氣又圍聚了起來，散去之時，他們已經回到了那礦場，天色已是破曉的絳藍色。

「這管轄感情的一魄我先保管著。」只聽見虛空中傳來那嫵媚入骨的聲音，「但他五感仍與身體相通，你若能說動他回去，我便讓他回去；要不，就是他選擇了與我沉淪，你們若再干涉，就別怪我欺負人了。」

第五章

蘇星南跟許三清回到衙門後，往床上一倒就睡了個昏天黑地。蘇星南比許三清強壯很多，睡至中午已經轉醒，可憐常年餓肚子的許三清，這一戰幾乎要了他的命，直睡到日落黃昏，才揉著眼睛醒過來。

房中無人，他搖搖晃晃地晃到了一間稍大的客房，只見賀子舟雙目無神，木訥呆滯地坐在床上，蘇星南換了一身整齊衣衫，又是那副白衣勝雪，豐神俊朗的模樣了，他正餵賀子舟吃粥，賀子舟雖然木訥，卻也會飯來張口。

看見許三清，蘇星南便起身把他迎了進來：「你醒了？一定餓了吧，剛剛做好的粥，趕緊吃。」說著便拿了另一個乾淨的碗給他舀粥，遞給他的時候還小心囑咐，「有點燙，慢點吃。」

許三清撲哧一下笑了：「蘇公子到底是要我趕快吃還是慢點吃？」

「呃！總之你吃就對了。」

蘇星南好不容易拉下臉來化敵為友……其實就他一個一直把人家當作敵人，被許三清搶白一句，就有點不好意思了，咳咳兩聲，仍轉過去餵賀子舟吃粥，「許先生，那羅小玉說的話是什麼意思？子舟這個模樣，我們說什麼，他真的聽得懂嗎？」

「他能聽懂。」許三清吃了兩口粥，香軟綿滑，好吃得差點讓三餐不繼的他流下眼淚來，「不過，他管轄感情的一魄被吸走了，他只能理解道理邏輯上的話，感情上的都不懂。」

「什麼意思？」蘇星南一愣。

「就是，哎，示範比較快。」許三清走到賀子舟跟前，「賀先生，五加一等於多少？」

「六。」賀子舟馬上回答道。

「你叫什麼名字？」

「賀子舟。」

「他叫什麼名字？」許三清指著蘇星南。

「蘇星南。」

「他是什麼人？」

「大理寺少卿。」

賀子舟這一回答，不光許三清，連蘇星南都嚇到了。不過蘇三清是驚訝蘇星南官這麼大，而蘇星南卻是驚訝他怎麼會這樣介紹他，彷彿根本不認識他一樣？

「他是你的朋友嗎？」許三清繼續問。

「……」這次賀子舟卻是沉默了很久都沒有說話，最後又歸於那木訥的、呆滯的狀態了。

「他不知道什麼是朋友，所以不回答，他沒有好奇心，也不想知道答案；他不知道別人希望得到答案，所以也不會覺得必須回答你的問題，於是他遇到情感上的問題時，就會變成這個樣子了。」許三清想了想，還是打了個比喻讓他好懂些，「就像一臺織布機，你動他就會織布，你不動他就是一堆木頭，他不懂得織出來的布對人有用，也根本不會織布以外的事情。」

「那這可怎麼辦？」蘇星南急了，「難道讓他一輩子像織布機一樣生活下去？」

「人的三魂七魄會自然相聚在一起，那一魄不願回來，應該是沉浸在那玉靈虛構的幻境裡不願離開。」許三清看著蘇星南的臉，張了張嘴，又頓了一會才說話，「雖然魂魄分離，但五感仍是相通的，你試著跟他說一些話，讓他可以不迷戀那幻境，回歸現實，那問題就解決了。」

蘇星南沉默了，他自然猜得到羅小玉是虛構了什麼幻境才會讓賀子舟捨不得回來，但，即使他知道，他又能說些什麼，才能讓他放下？

「我吃飽了。」許三清倒是很識趣的，他放下碗來就要告辭。

「許先生……」蘇星南發出一聲為難的求救。

許三清這時真想學和尚們一句阿彌陀佛打發他：「蘇公子，太上忘情，貧道實在不懂應付這情愛欲海。」

「你明明還說動了那羅小玉放我們回來。」蘇星南不死心地繼續拉著許三清的衣袖。

「哎喲，蘇公子你這樣期待地看著我也沒有用，我是修道人我不為美色所動的。」許三清用力把自己袖子扯回來，一邊大聲嚷嚷，一邊飛也似地往外頭，「真心話便是有用話，你且盡力吧，我想賀先生也不會怪你的。」

許三清一直往外跑，直到跑出了衙門，才扶了扶九梁巾，拍著胸口道：「好險好險，差點就動了凡心……咦？我的布包呢？」

蘇星南看著木頭人一樣的賀子舟，很是犯難。

他跟賀子舟的確是很好的朋友，蘇星南出身豪門，個性耿直，不喜趨炎附勢，拉幫結派，在國子監裡屬於人人見了都繞路走的主，能跟他把酒談歡，促膝長談的，就只有一樣身家富貴，個性隨和的賀子舟。

學堂裡也不是沒有藉著知己之名偷歡縱情的王孫公子，反正大家都只當是酒醉亂性，風花雪月，事後也只是心知肚明從不點破，但他並沒有對賀子舟存過一分這樣的不敬之心。

但，賀子舟對他呢，他難道就一點都沒有感覺到？

賀子舟家道中落也不是日夕之間完成的事情，在國子監第二年的時候，他就對蘇星南透露過自己家裡經濟日漸緊張，但那時候他仍是堅持要完成學業，他說正是因為家道衰落，那他才更應該考上功名，才能光復門楣。

但他卻在第三年考試前黯然退學了。

三年都熬過來了為什麼偏偏在這個時候離開？

蘇星南從來都沒有細想，哪怕他細想了，也絕對想不出現在這個答案。

在考試前半年，他跟賀子舟說了，待他考上功名，便要迎娶杭州絲綢大戶的女兒楊雪為妻。

他當時年少風流，只顧向賀子舟不住炫耀那見過一面的未婚妻如何美麗動人，溫柔賢淑，並沒有發現賀子舟嘖嘖稱羨的話語裡有多少是真心。

如今想來，全是真心。

他真心欽羨的，其實是楊雪吧？

「你第一次見我的時候，把我的墨硯打破了。」蘇星南好不容易決定開口，卻是說起了無關痛癢的事情。

「那時候我跟王家的小子們打架，一對五好不威風，你竟然抄起我的墨硯往我頭上打，打得我頭破血流，嚇得他們都跑了，完了還若無其事地跟我跟，他們都跑了，也一定不會向夫子告狀。

「我那時候想，這傢伙真陰險，打破我的頭，還想當我的救命恩人，看我不整死你。然後在接下來的一個月裡，我都故意跟你使壞，你卻一點都不生氣，直到我把你爹送你的玉鎮紙摔破了。

「那一架我們打了多久你還記得嗎？我們足足打了半個時辰。最後夫子來拉開我們的時候，我臉都腫得看不見東西了，你也快要暈過去了，卻還是一個勁地罵我，說我弄壞你的玉，一定要報仇。

「再然後的一個月啊，你就真的開始跟我報仇了。於是我也不服氣，也要向你報仇，這樣報仇來報仇去，最後你這傢伙竟然兩手一攤，說我們不要報復彼此了，我們做好朋友吧。那時候我一定是腦袋進水了，竟然跟你說好。

「你這人就是這麼莫名其妙。莫名其妙打我，莫名其妙對我好，莫名其妙報復我，莫名其妙跟我做朋友，又莫名其妙地……喜歡上我。」

蘇星南頓了頓，嘆口氣，從袖子裡拿出一個小巧的玉鎮紙，塞進他手裡：「其實我一直都在找有沒有跟你爹送你的書鎮一樣好的，想賠給你，但我找到的時候，你已經走了，我都沒來得及送給你。你別總是這樣莫名其妙地開始一些事情，然後又不給我反應的時間行不行？你喜歡我的話，就起碼該聽到我說一句『對不起，我只把你當最好的知己一樣喜歡你』才走啊，如今這樣算什麼呢，是我做了什麼壞事嗎？唉，賀子舟，你果然很陰險啊，自己跟那玉靈快活風流，卻要我擔這害人的罪名。」

賀子舟低頭看那塞到手中的玉書鎮，握住了，不知道這個動作是不是有意識。

「那幻境裡頭很快活吧，一定讓你樂不思蜀吧，我本來可以說我也願意給你一樣的快樂，但是我不會說謊，所以在現實裡，我只能跟你說一聲對不起，但是，」蘇星南伸出手去，握住賀子舟的手，把他的手跟玉鎮紙一起握著，「在這個現實裡，我蘇星南願意為你兩肋插刀，刀山火海，在所不辭，你讓我死，我眼睛都不會眨一下就去。賀子舟，你是我最好的朋友，最親的兄弟，哪怕你以後就這樣像木頭人一樣生活下去，我也會照顧你一輩子，我絕對不會像你一樣，莫名其妙！」

賀子舟手中那塊玉鎮紙「喀嚓」一聲裂開了，嚇得蘇星南趕忙鬆了手，但那裂開之處仍是割傷了賀子舟的手心，殷紅的血滲出來皮肉，又滲入玉石裡，很是驚心。

蘇星南連忙找手帕給他包紮，卻見賀子舟慢慢抬起手，蓋住了眼睛，張口說道：「你才陰險，你才莫名其妙。」

「……什麼？」蘇星南一愣，隨即歡喜得不得了，「你回來了?!你回來了！」

「吵吵吵，睡個覺都不得安生。」賀子舟仍是捂著眼睛，「你出去，我要休息。」

「你說什麼呢，我還得讓許三清看看你是不是真的好了，你蓋著眼睛幹嘛？看不見了？」蘇星南擔心，就要拉開他的手。

「我說你莫名其妙！」賀子舟卻是死不願意鬆手，掙扎著把蘇星南推開了幾步遠，大聲呼喝起來，「誰喜歡你了，你才莫名其妙！快出去，我要睡覺！」

「……哦。」蘇星南不再堅持，安靜地退了出去。

他看見了，賀子舟那受傷的手心裡淌下一道血，還有兩行淚。

蘇星南退出房間，合上門，卻看見許三清站在門外，一雙眼睛憋得紅通通的，咬著下唇泫然欲泣，不禁嚇了一跳，叫道：「你幹什麼，怎麼這個樣子！」

「我、我不是故意偷聽的……」許三清抽抽發紅的鼻子，指了指手上的布包，「我落下了布包，才回去取的。」

「……真是的，我還以為又有什麼狀況。」

現在蘇星南有些草木皆兵，聽許三清回答了，才放鬆開來，剛才被賀子舟推了一把，胸口好像有些發痛，他不禁皺著眉頭捂著傷口，只見有殷殷的紅色透了出來，染紅了他胸前的白衣。

「咦？你傷口還沒止血嗎？」許三清這才記起蘇星南曾被那玉靈抓傷，連忙扶他坐下。

「中午的時候止過血了，但血絲一直沒有停，剛才動作大了點，好像又開始流血了。」蘇星南當時只覺心臟都快要被挖出來了，敷藥時卻見那五個血洞並不太深，於是也沒叫大夫，自己撒了金創藥止血就算了。

「你進房間去，我給你看看。人妖殊途，靈也一樣，他就算沒殺你，那玉氣若順著傷口進入血脈，總是不好的。」

「那……有勞先生了。」雖然現在已經信了世間真有鬼神，但這一聲道長還是喊不出來，蘇星南便知喊許三清先生了，許三清也不計較，這比他神棍騙子讓人舒服多了。

許三清扶蘇星南進了房間，蘇星南便脫了上衣讓他查看。只見那五個血洞烙在左胸位置，當真像是要挖出他的心臟似的，傷口不深，卻是一直有血水往外冒。許三清退後兩步，閉目凝神，好一會開了天眼，果然看見有青白色的玉氣在傷口附近徘徊。

「這傷不致命，但總讓你這麼流血，也是不舒服的。那玉靈輸了，大概不服氣，所以想這樣折磨你一下。」許三清在那布包裡掏啊掏，掏出一瓶朱砂，在案前拿了個筆洗，和水調開，「別擔心，我給你畫一道符上去，散了這玉氣就好。」

「畫上去？那我一洗澡不就花掉了？比如你給我畫幾張靈符，我貼在身上，還能夠換一下。」

許三清笑道：「你當是小孩子的襁子呢，還要備用的？這符畫上去，這點點兒的玉氣早就消散了，你要是天天貼著這散靈符，只怕先把你自己的生氣給散走了，到時生病了可別怪我。」

「哦，那就有勞你了。」蘇星南看自己擺了烏龍，不禁微微紅了臉，他膚色白皙，這紅得便更明顯了。

許三清忍住笑，指尖沾上朱砂，抵在他解釋的胸膛上畫起符咒來，指尖流暢地走動幾下，便把蘇星南胸前畫滿了讓人眼花繚亂的符號。他畫得專心，連平日一直垂涎人家美色的念頭都沒有。他手指纖細，畫出來的筆劃十分纖細，像一根根紅繩捆在蘇星南身上，那紅繩穿過厚實的乳珠時，直直地劃過去，又劃過來，專心一致地組成那道散靈符。

蘇星南卻是一下抓緊了被單。他從不流連花街柳巷，自從婚配後更是一心只等迎娶妻子楊雪，但楊雪不幸在大婚前一個月病逝，雖未過門他仍決定為她守喪三年，至今仍是童子之身，哪怕自瀆時也絕不會碰胸前的，此時被許三清靈巧的指尖輕輕重重地橫撇豎捺過去，竟不由得硬挺了起來，每一下輕微的觸碰都叫他渾身肌肉不住繃緊。

「嗯，畫好了。」幸好許三清也畫完了，一片紅彤彤的朱砂掩飾下，那一點充血挺立的乳珠也不怎麼顯眼，他並沒有發現此時蘇星南臉紅得有點異常，「大概一刻鐘就能把這玉氣散盡了，你先別穿衣服，等一刻鐘以後，就用水把這道符洗了吧，真的不能多貼在身上的，會殺傷人的生氣。」

「好，我會算著時間的了……先生你要走了是吧，我有點睏，就不送你了。」蘇星南忙不迭下逐客令。

「哦，病人是該多休息的，你好好休息吧，我明天再來看你。」

許三清點點頭便離開了，而他一離開，蘇星南便馬上躺了下來，雙手伸進棉褲裡握住自己不爭氣的孽根。

「人家小道長一心一意只為救人，蘇星南你這樣……簡直是禽獸不如！」蘇星南懊惱地握住自己狠拽幾下，只想把它按回去。

不想卻是越拽越硬，越摁越翹，他氣息急促了起來，胸前的朱砂好像在提醒他那流連比劃的觸感，黏膩又輕巧，那比劃的人，神情也是專心一致毫無雜念，好像清水一般一眼到底。

於是蘇星南便專心一志毫無雜念地套弄了起來，直到宣洩完了，他才發現汗水早已經把那道朱砂符模糊了開去，他滿身朱紅，彷佛受了重傷一般。

第六章

許三清抱著一個大布包開心地往那城西的破道觀走，這次他救人救得這麼風光，蘇星南又是京中大官，那他回到朝廷時美言幾句，道教的振興就指日可待了吧！

心裡算盤打得響，可肚皮更響。許三清忙碌了這麼久才吃了碗粥，此刻已經餓得能吞下一頭牛了。可他走得急，也沒問蘇星南拿幾個賞錢，此時摸來摸去，還是只有兩塊烙餅躺在布包裡。

——唉，為什麼只能召喚青龍化作木藤戰矛殺妖怪，就不能讓青龍化幾棵果子樹讓我吃頓飽呢？

許三清回到到道觀裡盤腿坐下，舀了碗清水來送烙餅。唉，早知道就問那蘇公子要幾個賞錢，也不至於這麼慘，打完怪回來只能啃烙餅……不行，那人小瞧我們正一教，覺得我們幫人救人就是為了要錢，我要是問他拿錢，不就應了他的鄙視嗎？

「師父你應該一開始就教我辟穀，以後我收徒弟，第一課就教他辟穀。」許三清一邊把烙餅塞進嘴巴裡一邊嘟嘟囔囔地埋怨，忽然就眼前一亮。

——收徒弟！

對了，那蘇星南欠他一分人情，那就讓他拜他為師。那小子一臉貴人相，身手不凡，而且能做到這麼大的官證明也不笨，看他對賀子舟也挺重情重義的，收了這個徒弟，那振興本門的擔子可不就多了一個人分擔了嘛！

而且他剛才摸過蘇星南骨骼，骨節圓潤，堅韌修長，絕對是個麒骨，這樣的人才不把他收入門下，簡直對不起正一教列祖列宗啊！

「師父，你要收徒孫了！」許三清心意既定，便高高興興地把那兩個烙餅吃了，又跑到山上小溪洗了個澡，把自己收拾乾淨，準備明天一早就去登門收徒。

卻說蘇星南昨日被許三清無意撩撥起了情欲，雖有點心慌，但也不至於介懷。男人嘛，下半身舒爽了以後就不太理會上半身的了。

於是見了許三清來，也只是略略拉開了些距離，便如同往常一樣說話了：「賀子舟睡了一夜感覺好了些，但他說還是有些乏力，不知道那玉靈是不是又在耍什麼小手段？」

「魂魄曾經離體，人當然會覺得乏力，等過幾天，重新凝聚穩固了就好了。」許三清卻是遠遠就對蘇星南展開了大紅花一樣的笑臉。哎呀呀，我的好徒兒今天也一樣俊朗不凡啊，「蘇公子不必擔心，對了，你胸膛傷口還流血嗎？」

蘇星南被他笑得有點困窘，難道他昨天發現了自己起了邪念，所以取笑他？

「沒有再流血了，那朱砂符也已經洗掉了。」

「那就好，其實我正一教還有很多厲害的東西，你將來可以慢慢領會。」

許三清一邊說一邊往前走，蘇星南沒有聽出他的言外之意，只當他在賣弄，便敷衍兩句，帶他去見賀子舟了。

步入中庭，就看見賀子舟在院子裡活動筋骨了，他看見蘇星南帶著許三清進來，連忙迎上去鞠了個大躬：「賀子舟感謝道長救命之恩。今日之恩沒齒難忘，從今往後有任何差遣，子舟一定鞍前馬後，絕不推諉！」

許三清被他嚇了一跳，連忙把他扶起來：「說什麼呢，難道我還能讓你以身相許不成？」

賀子舟笑道：「也不是不行啊，就怕道長嫌棄我。」

許三清趕緊搖頭：「才不要，你這命格體質，還拜入我門下跟鬼怪打交道，是嫌棄自己命太長了嗎？」

賀子舟跟蘇星南兩人齊齊一愣，都笑了起來，蘇星南想，這小道長心思單純，連以身相許都會誤會為拜師，應該不會發現昨天自己失態了。

「道長還是一樣的為人著想。」賀子舟一邊說，一邊伸出手去任許三清給他探脈搏，摸身骨，「道長，那個，那個玉靈現在怎麼呢？」

「他？他好得很，我只不過弄壞了他家大門而已，現在他應該在玉羅山裡，因為輸了而生悶氣吧。」

「那以後賀子舟再去做礦場先生不是很危險？」蘇星南大驚，「有沒有方法把他趕走？」

「蘇公子，那是玉羅山的靈，就像一個人的魂魄一樣，你把它趕走了，玉羅山就再也不產玉石了。」再說，他也沒有本事趕人家走啊！為了在徒兒面前維持高人形象，許三清還是把後一句給吞了。

蘇星南皺了眉，倒是賀子舟坦然：「沒關係，反正他再也迷不到我了。」

一時無人作聲，幾片楊花越過牆頭飛了進來，許三清咳咳兩聲，覺得自己該拿出點兒高人的氣勢來：「其實也沒什麼可怕的，賀先生，我給你燒一道定魂符，你喝了這符水以後，魂魄便會牢固很多，要把你的魂魄吸走，除非把你殺掉，我看那個玉靈對你還是有幾分情義的，應該不會痛下殺手。我再教你一道口訣，以後你疑心什麼人是他化的，便悄悄沾些水在手心，念這道口訣，然後拍到他臉上，他的障眼法便破了。」

「這麼簡單就能破障眼法？」蘇星南也湊了過來，「我也要學。」

「哦，你要跟我學？」聽到蘇星南自己說要學，許三清喜出望外，一把拽住他的手臂把他轉了兩圈，「嗯嗯，骨骼清長，底子不錯，看在你誠信討教的分上，那我就收你作弟子好了！」

「什麼？」蘇星南連忙甩開許三清的手，「你誤會了，我只是好奇那一道破障眼法的口訣，並不想拜入你門下。」

許三清耷拉下臉來，皺著眉頭問：「為什麼？你已經親眼見識過，我正一教並非神棍，江湖術士，是真才實學的，為什麼你不願意學？」

「這、這不是真才實學與否的問題。」蘇星南見許三清非是說笑，又想人家才幫了他一個大忙，不應該把話說得太絕，便好言拒絕，「我身為朝廷命官，時時要為公務奔走，俗務纏身，實在不適合修道這門超凡出世的學問。」

「哦，原來是這樣，那你多慮了。」許三清頭頭是道地解釋起來，「我到家門下有很多流派，你想的那種修道成仙的，是全真教；你常常看見那種看相算命的，捉鬼捉妖的，是茅山教；我所學的是正一教，多數是在家修行，也能娶妻生子，講究入世，要在大千紅塵裡為人們排憂解難。你考取功名也是為了救百姓苦難，不正好跟我教教義一致了嘛！」

「哈哈哈哈！」賀子舟忍不住了，伏在院中石桌上拍腿大笑，「星南，你看、你看道長一腔赤忱，你就、就做個道士吧。反正、反正也能娶妻生子嘛，哈哈哈！」

「賀子舟！」蘇星南巴不得又拿摺扇抽他，無奈堆起笑臉對許三清道，「其實我滿心雜念，考取功名也只是為了炫耀自己的才學，並不是為國為民那麼高尚的人，許先生你還是另覓高徒吧。」

「我不信，你在公堂上那麼剛正不阿，明察秋毫，為了救朋友還捨得放下身段來聽我這個神棍指點。而且也很重情義，蘇公子你是個大好人，我不會看錯的。」

許三清無比認真地稱讚著自己，但是蘇星南一點都笑不出來，他甚至想早知如此便趁他昨天為自己畫符的時候輕薄他一下，好讓他知道自己是個壞人，斷了這收徒弟的打算：「許先生，你且自便，我要去辦事了，不作陪了。」

「哎，為師還沒說完呢，你怎麼能走！」許三清都已經以「為師」自居了，他三步並兩腳追上蘇星南，撅了個鴨子嘴，不忿道，「你為什麼不願意拜師呢？因為我曾經輕薄過你嗎？男子漢大丈夫就不要這麼計較啊，成大事不拘小節嘛！」

「你……輕薄過我？」蘇星南心情微妙地頓了頓腳步，手搭在書房門上，輕輕扣著那木雕花。

「哎呀，那怎麼能算輕薄呢，我不過是說了幾句蘇公子長得真好看之類的話嘛，這也算輕薄的話，我早就把玉羅城的小朋友都輕薄了一遍啦！」許三清連忙改口，「蘇公子你聽我說，你這是天生麒骨，無論是在朝廷還是江湖都是要飛黃騰達的，但飛黃騰達又有什麼意思呢，到頂了也不過是做皇帝……」

「許先生，請慎言。」蘇星南冷然打斷他的話，推門走進書房去，「我沒有想要飛黃騰達，也不想位極人臣，更不稀罕當世外高人，你請回吧。」

「……我，我說錯話了，對不起。」許三清在心裡打了自己一個耳光，他可是大理寺少卿啊，肯定是忠君愛國的人啊，在他跟前說這種大逆不道的話真是找死，「我不是那個意思，你不要生氣。」

「我沒有生氣。」蘇星南從書架上拿了幾本卷宗，放在書桌上，「我查案子，只是因為這是我分內事。許先生，我要工作了，請你回去。」

「我、我有點口渴，能不能喝點水？」這節骨眼怎麼也不能回去啊！許三清打量一下四周，指了指桌子上那水壺，小心翼翼地試探問道。

蘇星南抬了抬眼，算是默許了。

「謝謝。」許三清慢吞吞地拿起杯子，慢吞吞地倒上水，又慢吞吞地一點點喝，期間不住偷眼觀察蘇星南的臉色。

蘇星南沒有理會他，低著頭看著桌子上攤開的一本本卷宗皺眉，修長的指節不自覺曲起，指尖在書頁上緩緩地扣著節奏，顯然在思考什麼問題。

許三清吞了吞口水，捧著茶杯挪啊挪地靠到了書桌邊上：「蘇公子，投遞信件，是騎馬好，還是步行好？」

蘇星南奇怪地看了他一眼：「當然是騎馬好。」

「農民耕地澆灌，是自己抬水好，還是用水車好？」

「水車方便，省力，當然是用水車。」

「那查案，是靠一己之力好，還是眾志成城好？」

「你到底想說什麼？」蘇星南合上卷宗，抬起頭來詫異地看著他，許三清捧著水杯站在他身邊，窗外陽光返照，剛好看見蘇星南瞳孔的顏色。

紫瞳，雖然平常看著覺得是黑色，但此刻卻看得真切，那是極深極深的紫色。

許三清愣了愣，師父曾說，身負紫瞳的人，要不是真龍天子，要不是百年難得一遇的天才，無論在哪一方面，都會驚才絕豔，成一方傳奇。

那就更不能放過這麼一個驚世天才了。

許三清定了定神，握著水杯慢慢說道：「做一件事有很多種方法，只要不是傷天害理的，大家都知道該選最快最有效的方法去做。你想做好自己的工作，查出這些案子的真相，卻放著有效的方法不用，那不是很不合理嗎？」

蘇星南神情淡漠，不以為然：「你想說，學你的道術，是辦案的最快方法？」

「我不敢保證是最快的，但知道多一種方法，就多一種途徑去解決問題，不是嗎？」許三清放下杯子，很真誠地看著蘇星南，「我承認，我想收你為徒是有私心的，其實你這樣的好人才，學什麼都一定是一代宗師。但，我覺得，天下沒有哪一個門派像正一教這麼需要你了，也沒有哪一個門派能給你正一教那麼大的幫助。試想，一件多年命案，或者什麼證據都沒有，但你能招出死者鬼魂，從他口中問出線索，那不是能讓死者沉冤得雪嗎？」

蘇星南依舊一臉冷淡，一動不動，像尊雕工精美的瓷像。

「我希望借助你來讓門派復興，你也可以通過道術來解決更多的案件，那為什麼不嘗試一下呢？」許三清忽然一撩衣襬，單膝跪下了，「別人收徒弟，是徒弟拜師父，現在我反過來，先給你跪下了，你就當作是為了天下百姓，去學這門功課。」

「哎，你別這樣！」蘇星南連忙滑下椅去，也一般單膝跪下了，「這一跪我不接受啊。你別以為這樣我就會屈服，你說的道理我懂，但我二十三年來從來都視這些為邪魔外道，賀子舟的事件雖然讓我改變了看法，但馬上讓我拜師學藝，我真的沒有辦法做到。」

蘇星南一邊說一邊扶起許三清，許三清趁機握住他的手腕道：「那是否只要有同樣適當的事件發生，你就會慢慢改變心意？」

「……未來的事情，誰說得準。」蘇星南低頭看著許三清握住他手腕的手，他掌心處都是粗繭，擦得他皮膚生痛，但也說明瞭，他是那麼努力地握劍練武，希望能振興門派。

這分心意，其實蘇星南是能體恤的，但體恤跟承擔，是兩個完全不同的概念啊！

「那我趕快讓未來來到就好了。」許三清忽然兩眼發光，鬆開手，隨手抓起桌上一本卷宗，「我來幫你查案！等這些案子都解決了，你心裡的彆扭也該消失得差不多了吧。」

蘇星南哭笑不得，他那分體恤跟慎重就這樣被許三清定義為「彆扭」，真叫他解釋也不是，不解釋又憋屈，「你幫我查案？這可是我從大理寺裡帶出來的懸案，有的都已經八年十年了，你真的能幫到我？」

「能，即使不是直接破案，找些蛛絲馬跡總沒有問題的。」海口都誇下了，許三清自然要死撐了，他揚了揚手上的那本卷宗，「好，第一件幫你解決的案子就是這個……嗯，杭州富商之女離奇死亡。」

蘇星南臉色頓時煞白，他咬著牙從許三清手裡奪回那本卷宗：「這本不是。」

「怎麼不是了？不是離奇死亡嗎？」許三清發現他臉色有異，「蘇公子，你怎麼了？」

「這不是大理寺的懸案，是我自己心裡的懸案而已。」蘇星南把那本卷宗收進自己懷裡，把它按在了胸口上，「死者叫楊雪，是我的未婚妻。」

第七章

又待了一天，蘇星南看看日子，該去巡視其他地方了，便收拾好行裝，準備啟程往下一站杭州去。

賀子舟給他打點好船隻，又叮囑船夫，一定要親眼看見有人來接蘇星南才能離開，蘇星南蹙著眉峰，很不耐煩：「我又不會走丟……」

賀子舟堅持：「你就是會走丟！」

於是蘇星南便噤聲了。

「這裡坐船到杭州很快的，順風順水的一個多時辰就到了，我昨天已經送信給楊宇了，他會來接你的。」

蘇星南有點意外，楊家生意雖然在杭州發家，但近年楊宇多在京城打點，已經甚少回杭州了：「楊宇回杭州了？」

「嗯，七天後便是楊雪小姐生辰，他自然要回來的。」賀子舟拍拍蘇星南的肩，「你不也因為這樣才特意繞杭州去嗎？」

「我是因為公務。」蘇星南心虛地反駁。

「好了，你該上船了。」賀子舟招呼船家開船，「一路保重。」

「你也保重。」蘇星南回個禮，船家已經一撐長篙，把船划出一尺多遠了。船身有點晃，他朝賀子舟擺擺手，正想鑽回船艙去，卻見許三清風風火火地沿著河堤往渡頭跑來。

「蘇星南、蘇星南，你給我回來！」許三清一邊跑一邊大喊大叫，「不許跑，你還沒拜師，不許跑！」

蘇星南整一個哭笑不得，朝他喊回去：「別追了，我不會拜你為師的！」

「不行，你不准走、不准走！」

許三清氣喘吁吁地跑到渡頭，船已經開出十幾尺遠了，蘇星南搖搖頭，回轉身去了。許三清急得直跳腳，賀子舟看他急得眼紅耳赤，正想上前寬慰他兩句，不想許三清忽然往前一大步，一頭扎進水去了。

「哎呀，那小兄弟不會水啊。」船夫忽然大聲叫了起來，「哎喲，往這邊掙扎過來了！」

「什麼？」

蘇星南探出頭來，只見許三清那乾乾瘦瘦的小身板在水裡拚命掙扎，一看就是不會游泳的架勢，只見他用力往上掙，撲騰起陣陣水花，還是梗著脖子朝他這邊喊：「不准走……咕咚……別走……咕嚕……」

「這笨蛋……」

蘇星南嘆口氣，把腰間摺扇拿下，扭扭手指就跳下水去了。

蘇星南游過去托住許三清不斷下沉的身子，許三清竟也不像別的溺水者那樣掙扎，而是放鬆手腳任蘇星南扶著他腰背，托著他下巴游開去，船家把船駛近了，接過手來，把許三清給拉上了船。

「咳咳、咳咳……」

一上甲板，許三清便屈著身子吐了好幾口水，蘇星南也爬上船來，脫下外裳扭水：「小道長，你要不要這麼拚啊？」

「千金……難得……好徒兒……咳咳……」許三清咳乾淨了口鼻裡的水，九梁巾濕了水，軟塌塌地塌在他頭頂，竟也不掉下來，「我說過，要幫你查案子，好讓你接受我教道術，你怎麼能自己先跑了呢？」

蘇星南挑了挑眉：「倒成我的不是了？」

「當然是你的不是！」許三清把頭巾扯下，也扭了兩把水，濕漉漉的頭髮歪歪扭扭地貼在額上臉上，「還好貧道奮不顧身地追上來了！」

蘇星南看他一臉狼狽，忍俊不禁，伸手去給他撥了撥糊在頭臉上的頭髮：「是是是，還好你追來了，不然我就成背信棄義的小人了。」

「是啊是啊，你可不准趕我走。」蘇星南平日都是一副冷漠的樣子，但一笑起來便是冰消雪融的美，許三清不禁臉上一紅，縮著脖子躲開了蘇星南的手，「我幫你查明楊雪小姐的案子，你就拜我為師。」

蘇星南眸色深沉了些，剛被逗笑的臉也嚴肅了起來：「楊雪那不是什麼案子。」

「但你心裡有牽掛，證明你有東西想不通。」許三清知道自己摸準了地方，連忙順著話頭接下去，「就像練功遇到瓶頸，讓我，不，讓道術幫你度過它！」

「……你把衣服換下來吧，容易感冒。」蘇星南不回答，只是從包袱裡拿了一套乾淨衣服遞給他。

許三清便知道他默許了，兩人鑽進船艙去，背對著換上乾爽衣服。

濕漉漉的衣服從皮肉上剝下來，發出滋嚕滋嚕的聲音，黏膩膠著，許三清坐下來脫鞋襪，偷偷轉過臉去看蘇星南。

蘇星南背對著他，只看見了一身白皙的皮膚，肩寬背闊，腰窄腿長，背上肌肉也跟胸前一般厚實，比平日穿戴整齊時的公子風雅更多了些陽剛的味道。

嘖嘖嘖，果然是一身好肌骨，入門以後第一重強身健體的基本功看來就不必練了。許三清暗自讚許，也沒想想自己弱不禁風的，才是最該練基本功的那個。

蘇星南感覺到背後那道目光，便也回過頭來，撞上了蘇三清偷窺的眼神。許三清連忙把快要流口水的嘴巴合上，胡亂找個藉口：「蘇公子，我鞋襪也濕掉了，有乾淨鞋襪嗎？」

蘇星南搖頭：「沒有，待會上岸了你去買一雙吧。」

許三清忽然閉嘴不語，一張小臉慢慢憋得透紅。

「怎麼了？」蘇星南見他低頭不語，便湊過去問，剛剛披上的白衣未及綁緊，身子略彎便露出了一片雪色胸膛。

許三清臉更紅了，聲音小得像蚊蚋：「……錢。」

「嗯？」蘇星南還是聽不見，便把耳朵也側了過去。

物極必反，尷尬至極的許三清一把揪住蘇星南的耳朵大吼：「貧道沒錢！」

杭州城不愧風光如畫，又正是桃紅柳綠的時節，到處一派歡聲笑語。

但蘇星南耳朵裡仍在嗡嗡嗡作響，便聽不見這鶯歌笑語了。他用力拍了幾下耳朵，很不滿地盯著在街邊賣鞋攤子上討價還價的許三清。

沒錢就直說啊，幹嘛吼他呢？就看在他救了賀子舟的分上，難道他會不借嗎？

蘇星南憂鬱地掏了幾下耳朵，總算感覺沒那麼難受了，許三清便蹬著新布鞋興高采烈地跑回來了：「你看你看，多好的新布鞋，才十五文錢！」

蘇星南眼睛往下瞄了一眼，許三清的腳真小啊，自己一個手掌應該都能把它裹住了：「你幾歲了？」

「嗯？」許三清被他天外飛來的話搞傻了，好一會才回過神來，「哦哦，貧道五歲歲拜師，現在已經第十二個年頭啦！」

「你十七歲了?!」蘇星南有點驚訝，敲他這小身板，比自己足足矮了一個頭，自己的衣服穿在他身上都寬大得直晃悠，他一直以為他只有十四五歲，「你師父也太刻薄你了吧。」

許三清忍不住扁了扁嘴：「我師父仙遊五年了。」

「哦，那你是從你師父不在開始就沒吃過飽飯嗎？」蘇星南有些可憐起他來，許三清跟別的神棍不同，他確實有本事，只是這世界實在有太多的神棍了，才會惹聖上生氣，打壓道教，對於真正的修道人來說，也算是無妄之災了。

「也不是一頓飽飯都沒吃過，只是過得不比師父在時好而已。」許三清沒有太多抱怨，「師父收我為徒之前我過得更慘，那時候我餓肚子，是人情冷暖，世道不公；現在雖然師父不在，可是他教了我一身本領，我再餓肚子，就是我自己沒本事，怨不得人。」

蘇星南讚許地點點頭：「你師父教得你挺好啊。」

「當然，你拜我為師以後，我也會把你教得很好。」

許三清抬起頭來，一雙黑眼睛亮晶晶地看著蘇星南，看得蘇星南脊背生涼，他別過臉去看了看四周，指向一家酒樓：「都過正午了，我們去吃個飯吧。」

「好好好，先吃飯先吃飯！」

許三清早上剛咬了兩口包子，便聽到街坊們說那個很神氣很好看的蘇公子要走了，便趕緊跑去追他，這會兒那兩口包子早消化了，也不跟蘇星南客氣，三扒兩撥就把一碗叉燒飯吃了個精光，蘇星南也不點破，直接吩咐小二再上了一個紅燒肉、一個白斬雞和一尾清蒸魚，自己端碗白飯慢悠悠地吃。

許三清看看自己乾乾淨淨的碗，又看看蘇星南的，便夾了一塊紅燒肉放到他碗裡：「別只吃白飯，男子漢大丈夫就該吃肉！」

蘇星南心裡暗笑我這不是留給你吃嗎？嘴上仍是應了：「嗯，你說得對，你也吃，別停下。」

「嗯！」許三清咧開嘴來笑了個陽光燦爛，直接用手拿起一隻雞腿啃了起來。

……也太不客氣了吧？

蘇星南嘆為觀止。

樓下一陣熙攘，只見掌櫃點頭哈腰地引了兩個客人上來：「楊公子怎麼忽然來了，也不打個招呼，本店剛好把最後一隻三黃雞殺了，早知道公子要來，就給你留著了。」

「無妨，只是吃個飯，你隨意做三五樣小菜就是了。」

只見一個頭挽碧玉冠，胸前掛鎏金長命鎖，腰纏八寶金線攢花織帶，手指上還戴著一枚羊脂白玉扳指的青年人慢慢走上來，那個珠光寶氣閃得許三清睜不開眼。

不過他所在意的也不是這位款爺，而是跟在這款爺身後的年輕男子。

那人估計比自己大一輪，頭戴諸葛斤，身穿藍色道袍，跟自己一般是個道士。

這年頭道教被打壓的厲害，即使是道人，也多數怕招搖，只當個居家道士，出門便換上常人衣服。除了窮得添不上另一身衣服，比如許三清那樣的，就只有在地方上還有些名氣，不會被人欺負的道人了。

許三清見這道長被款爺招待著上座，心想絕對是這地方上有名的高人，當即放下雞腿，擦了擦油亮亮的手，就想過去拜見。

不想那位款爺比許三清動作還快，許三清剛想起身，他已經走了過來，驚訝地看著蘇星南道：「星南？你怎麼不在渡頭等我的轎子就走了？我以為你迷路了，剛剛還叫官府派人去找你呢！」

蘇星南似乎對這個珠光寶氣的款爺不太對付，人家一副擔心的口吻，他也只是輕描淡寫地回道：「剛好遇到一個朋友，就叫他帶路了。」

蘇星南說道「那個朋友」時，款爺的目光就轉移到了許三清身上，許三清連忙起身作揖：「你好，我叫許三清。」

「在下楊宇，杭州城裡你看得見賣衣服的都是我家的，以後報我名號，可以給你打個折。」楊宇微笑著還禮，似乎對許三清十分有好感。

「哦，打折倒不必了。只是，我想拜會一下那位道長，可否請楊公子引見？」許三清的注意力仍在那個年輕道士身上，他們在說話，他仍是那邊站著，一點都不關心，實在是一副高人的做派。

「拜會？」楊宇臉上露出一個微妙的神情，「你……為何想拜會蘭一道長？」

許三清因前頭落了水，此時穿的是蘇星南平日的衣服，看不出道人身分，於是他連忙解釋：「實不相瞞，其實我也是修道之人，今日得見道友，實在想要交流一番。」

「道友？」楊宇摸了摸下巴，眼睛瞥過去，看了看蘇星南，「你跟星南同行，應該不是那一方面的道友……」

「他是正經的道人。」蘇星南皺了皺眉頭站起來，走上前把兩人隔開，「跟你那位道長不是修一種道法的。」

楊宇連忙後退，做個抱歉的姿勢：「那我失敬了。」轉而向許三清道，「蘭一道長這幾天會在我府上作客，你若跟星南一起在楊家投宿，自然可以去見他一見。」

「一起一起，我們是一起的。」許三清連忙拉著蘇星南的袖子道，「我們一起住楊公子家，對不對？」

「……住楊家是方便些。」蘇星南也無法拒絕。

「如此甚好，許道長，我們以後再聊了。」楊宇作個禮，就回去叫上那蘭一道長，一同進包廂去了。

「啊，那個蘭一道長一定很厲害，連富商都要找他指點迷津。」許三清一臉崇拜，然後又對蘇星南做個埋怨的表情，「不像我，上去趕著幫別人，還要被打屁股。」

蘇星南咳咳兩聲，當做沒聽見：「那個蘭一跟你不是同道人，你還是別見他的好。」

「為什麼？我道教雖然派系眾多，全真正一，茅山眾閣，不一而足，但派系間也不是你死我活的關係。師父說，就是要經常交流，才能不故步自封，有所進步啊。」許三清不解地歪著頭，「而且，你怎麼知道他是什麼派系呢？」

「……」蘇星南一時說不上話。

自從朝廷打壓道教，道觀裡的道士生計艱難，身居鄉間的還能自己種些米糧，自給自足，但在城鎮裡就難以餬口了，於是一些女道士開始做起了暗娼的行為，最後就連男道士也偷偷摸摸地賣起了後庭。

蘇星南雖然跟楊雪定過姻親，但對他這個喜好美色男女不計的大舅子並無好感，加上剛才楊宇言辭曖昧，他已猜到那個蘭一去給楊宇解決的絕對不是風水問題。

蘇星南雖然是明白人，但面對從鄉下潛心修道而來的許三清，他覺得自己不該多嘴。

「總之，你還是不要見他的好。」蘇星南拿筷子敲了敲他的碗，「吃完了嗎？吃完了我們走了。」

「吃飽了，不過能不能把這個打包？」

「行。」蘇星南倒是爽快，他轉身就跟小二吩咐，「打包一碟水晶糕。」

「咦？你要吃飯後甜點嗎？」許三清奇怪道。

「你打包你的，我打包我的。」蘇星南不回答，拿了打包好的糕點，就徑直出門去了。

許三清不得不加快腳步追上，你這個路痴走這麼快幹嘛呢，待會還不是要我帶路！

可這次蘇星南倒是不迷路了，他一直走到一處偏遠的小竹林，在一方很是闊氣的墳墓前停住了腳。

這品位一看就是剛才那個楊宇的風格。

蘇星南蹲下身子，掏出一塊乾淨手帕墊著，把剛才打包的水晶糕打開來。

許三清看向那墓碑，只見上面寫著，「蘇門　楊氏　愛妻雪」，而立碑人赫然是蘇星南。

「原來你是來拜祭妻子的。」許三清歡脫愉悅的態度收斂了些，蹲下身來跟他一起清理墳墓邊上的雜草，「你早點說嘛，我就不跟你抬槓了。剛才那個楊宇公子，是你妻子的家人？」

「是她哥哥。」

「那就是你大舅子了？」

「不是。」蘇星南斷然道，「楊雪是我妻子，但楊宇不是我大舅。」

「什麼啊？」

蘇星南嘆口氣，拍拍地上讓他坐：「在我們成親前一個月，雪兒生病死了。雖然還沒有過門，但我把她當作妻子看待，所以她是我的妻子；而楊宇，品行舉止不是我欣賞的類型，所以他只是剛好是我妻子的哥哥而已，不是我的大舅。」

許三清似懂非懂地「哦」了一聲，便一言不發地陪他坐著了。

蘇星南蹙著眉，轉頭看他：「你怎麼不說話？」

「我不知道該說什麼。」許三清把膝蓋豎起來，下巴擱在膝蓋上，口齒有些不清晰，「師父仙遊的時候，我很傷心，不想聽任何人說話，無論任何人跟我說話，我都覺得你們懂個屁，你們哪裡知道我有多痛。所以，我也不知道該跟你說什麼。」

「哈。」蘇星南忍不住伸手揉了揉許三清的頭髮，軟綿綿的，像隻小狗，「多謝你。」

這次換許三清蹙著眉來看他了：「多謝我什麼？」

「沒什麼。」蘇星南拿起兩塊水晶糕，遞給他一塊，自己也咬了另一塊一口，「吃吧。」

「嗯。」許三清接過糕點默不作聲地吃起來，兩人沉默地吃完了，便起身回程，往楊府走去。

第八章

粗大的陽物在緊實的小穴裡進出，嫩紅的腸肉翻出來又被捅回去，濕淋淋地連接著兩具男子的肉體。

蘭一扯著自己的頭髮，諸葛巾不一會便被他扯了下來，他把布巾塞進嘴裡咬著，嚥下隱忍的呻吟，滿臉都是情欲的紅。

楊宇握著蘭一的腳踝，讓他兩腿大張，全無保留地承受自己一次次的穿刺。

蘭一腰背懸空，只剩下頭頸抵著床，他張著嘴喘氣，前端鈴口顫巍巍地沁出了些液體。

楊宇見狀，把他一條腿纏在腰上，分出手去握住蘭一套弄。

「唔嗯！」蘭一細窄的腰猛力一拍床板，泄了出來。

爾後他的神情便變得無所謂了，他把頭巾吐出來，彎起身去撫弄楊宇的乳尖。

楊宇也啞著嗓子射了。

兩人平躺在床上，都沒有說話，只有那高低起伏的喘息暗示著剛才激烈的交合。

「大少爺。」有家丁在門外敲門，「蘇公子已經來了，在客廳等候。」

「嗯，我馬上出去。」楊宇應了一聲，便起床穿衣，蘭一也起了身，撿起落在地上的道袍穿上。

「蘭一。」楊宇拿了一條手帕，擦去順著蘭一腿根往下流的白液，「跟星南一起來的那個小道長說想拜見你，你一起出去吧。」

「哦？」蘭一的回答少有地帶上了語氣，「我有什麼好見的？」

「不知道，看樣子是個正經修道的孩子，估計是把你當做道友，想跟你重溫下門派的舊日輝煌吧。」楊宇像是故意要氣蘭一，但蘭一也沒有特別生氣，只是點點頭，整理好衣服，便跟楊宇一起出去。

許三清手裡捧著景德白瓷杯，嘴巴卻沒專心喝茶，只顧張著嘴，瞪大眼睛欣賞楊家那金碧輝煌的裝修。

「哎呀呀，好漂亮啊！」許三清的視線落在門口遮擋的寶石屏風上，「好厲害啊這些畫不是用顏料上色的，是用不同顏色寶石砌出來的啊！」

「大驚小怪。」蘇星南自然沒有許三清那麼驚奇，「這麼多金銀珠寶堆砌起來，你不覺得很俗氣嗎？」

「俗氣歸俗氣，厲害歸厲害嘛。」許三清又跑到那整段金絲楠樹幹雕成的龍鳳呈祥柱子前嘖嘖稱奇。

「那也只能是俗氣得厲害。」蘇星南翻個白眼，「你別這麼跑來跑去，沒規沒矩，過來坐好。」

「許道長不必客氣，楊家才沒那麼多規矩呢！」爽朗的笑聲跟珠寶閃爍的光影一同出現，楊宇走到堂前，跟他們打招呼，「你們來得比我想像中快呢，想必是許道長帶路有功。」

蘭一跟在楊宇身後出來，分明一臉情事過後的饜足，看在許三清眼中卻成了大道無為的淡漠。他見許三清看著自己，便對他笑笑，當作打招呼。

許三清不禁歡喜：「那是那是，沒我帶路，他可能要走半天才到。」

「咳咳。」蘇星南知道自己路痴的毛病常遭取笑，也不去辯駁了，「楊大哥，今年安排也同去年一樣吧？」

楊宇終於正經了起來，點頭道：「嗯，基本上一樣，不過許道長你生辰八字是什麼？讓蘭一先算一算，如果跟舍妹相沖，到時就不要列席了。」

「嗯？什麼相沖？」許三清一愣。

蘇星南解釋：「每年我們都會去拜祭雪兒，按照習俗，要先算一算生辰是否相沖。」

蘇星南因不信風水命數，剛才也沒有什麼顧忌就帶許三清去看雪兒，這會兒也是用「習俗」相稱，但許三清一聽便知是什麼回事。自己也是道士，這時可不能丟了顏面，便道一句「不必麻煩，我自己算就好了。」說罷，他便問了楊雪生辰，指尖沾著茶水，在桌面上寫起算式來。

蘭一一愣，從來算命先生都是掐指一算便得結果，這小道士卻還是要靠草稿來算，唉，基本功都不過關啊。

他往前靠了靠，探過頭去看許三清推算。

許三清演算雖慢了些，卻是真才實學地一步步推演，並非江湖術士。

現在還有這麼踏實學習的小道士。蘭一嘴角泛起了一絲笑容。

半晌，許三清終於在眾人的側目下演算完畢了：「嗯嗯，根據我的推算，我跟楊雪小姐並無相沖，應該可以跟你們一起參加拜祭儀式。」

怎麼樣都覺得有點靠不住，楊宇朝蘭一投去疑問的眼神，蘭一肯定地點點頭：「許道長算得不錯，的確可以參見儀式。」

蘇星南不知道為何鬆了口氣，有種考試時剛剛好過關的尷尬感覺，他搖了搖扇子，轉個話題：「楊大哥，許道長年紀輕，又趕了一天路，應該也累了，能否先安排房間歇息？」

「咦？我不累……」

「唉，你看我這記性，都忘了有個新客人了。」楊宇跟蘇星南一道無視了許三清的異議，「初九，帶這位道長到西邊廂房。」

「我來帶路吧。」蘭一忽然開口，「反正我也住那邊。道友，請。」

蘭一這句「道友」讓許三清高興得要是他有尾巴就已經翹起來了，他不住點頭，一蹦一跳地跟上蘭一：「勞煩道友了。」

楊宇詫異，蘭一甚少對別人如此熱情，難道真是道友相見分外可親？

這邊楊宇在詫異，蘇星南卻是在擔憂，蘭一是什麼人他一眼就看出了，他主動向許三清示好，莫不是想跟他……

呸呸呸，就算蘭一有這心思，許三清傻是傻了點，但那維護師門尊嚴的想法那麼一根筋到底，絕不會同流合汙的。

蘇星南猛地打個寒顫，自從自己遭遇了一次玉靈事件，便整日往那些男歡事宜想去了，實在是要不得。

許三清跟在蘭一身後走，兩人之間大概有半步的距離，蘭一比許三清高很多，幾乎跟蘇星南一樣高了，但他步子放得慢，好像在遷就許三清一樣。

許三清毫不費力地跟上，邊走邊跟蘭一搭話：「還沒正式向道友介紹，我叫許三清，是正一教六百零一代許清衡真人的關門弟子，請問道友師承？」

蘭一笑了笑：「別道友道友的了，就叫我名字吧。我叫蘭一，俗姓藍，藍天的藍，但師父算過筆劃不好，就改成蘭花的蘭了。」

「嗯，道友是茅山派？」算命問卜，是茅山專長。

蘭一搖頭：「不，我師父是全真一派。但到我這一輩，為了餬口，便什麼門派的都學一些了。」

「哎，我連自己門派的都學不完，你竟然還有時間學別的。好厲害啊！」許三清毫不掩飾自己的崇拜，「那你有時間能不能指點一下我？實不相瞞我之前在玉羅城……」

許三清滔滔不絕地給蘭一說起了自己在玉羅的經歷，蘭一聽得一愣一愣的，就許三清這種道行也敢去跟玉靈唱對臺？真是初生牛犢不怕虎啊。

「其實呢，我一直在想，我一開始是不是該請火神祝融……」關於是否請錯了天帝的問題，其實許三清事後也在反省，「我是知道火克土的，但當時不知道為什麼就請了青龍木神。」

說話間已經到了許三清的廂房，蘭一給他打開房間的窗戶通風，讓他放好包袱坐下：「你沒有做錯。」

「嗯？我沒做錯?!」許三清自己都覺得意外，不由得瞪大眼睛。

「火克土是沒錯的，但那玉靈所選的結界關竅，卻是一處乾涸的池塘。」蘭一拿了紙筆過來，粗略畫了一個五行相生相剋的五星圖案，「那池塘到底是真的乾涸，還是他施法把水吸收進去潤澤自己的玉氣，你無從得知。如果你請火神，有可能讓水給反克過去。但你請的是木神，水利木生，樹木根深蒂固，盤根錯節，便反過來抓住了土壤，讓土壤不能移動。所以，強木克土，你請木神，是最好的選擇。」

許三清本來只是憑感覺，現在看了蘭一分析，恍然大悟，又不禁竊喜：「啊，原來還有這種講究。蘭一你好厲害！」

「我在這裡悠閒安全地分析，自然頭頭是道，你身處危機仍然能憑直覺選了最好的方法，才是真的厲害。」蘭一笑了，「但只有這種直覺是不夠的，基本功還是要練好，你剛才那是什麼演算法，別說內行，外行看了都要笑死。」

許三清臉一紅：「我知道了……但師父說，你算不好，就慢慢算，總比不懂裝懂好。」

蘭一眨眨眼，取笑他道：「多大了，還整天師父師父地掛嘴邊，你出師了，師父也不在了，需得以更高的標準要求自己，不能再把自己當小徒弟看。」頓了頓，他又道，「你此番要去何地？作何打算？」

許三清正想問他是怎麼知道自己師父不在的，轉念一想，方才自己演算時也把自己的生辰八字寫了出來，想必他當時就已經把自己的命數算了一遍：「我來幫蘇星南查案，然後讓他拜我為師！」

「拜師？」這答案明顯超出蘭一估計太遠，他一時間都不知道該作何回答了，「你為何如此著急收徒？」

「我這徒弟不是一般人，他是大理寺少卿，京城大官，如果他拜了我作師父，便會向朝廷展示道教的真正面貌，讓皇上知道我們並非裝神弄鬼的神棍，為道教正名，光復門楣！」許三清手舞足蹈，面帶紅光，好像這是指日可待的成功一般。

蘭一卻是搖了搖頭：「你有這分心意，很好很好……但總之，你先好好練功吧，這些事情，要一步步來。」說罷，他便起身要走。

「咦？你要走了？」許三清挽留，「還沒開飯呢，我們再聊一會？」

蘭一笑笑：「我也回房間去練功了，別整天想著吃，輕身才能強體啊。」

許三清低下頭去嘀咕：「我還不夠輕嘛……」

蘭一聽見他嘀咕了，但也當作沒聽見，徑直走了出去，走到了距離許三清房間不過三間房距離的廂房，一推門，卻見楊宇已經在裡頭等著了。

「那小道長挺有意思吧？」楊宇把玩著一柄漢白玉如意，玉如意乾淨得很，沒有寶石雕花，只有淡金色的細線在兩側鑲嵌成吉祥如意的雲紋。

「是個正經修道的好孩子。」蘭一關上門，隨手做個封印結界，「如果我有一個這麼好的徒弟就好了。」

「你是想傳他全真道，還是合歡道啊，蘭一道長？」楊宇一手把他拉到膝上，箍著他的腰，胯下已是火熱，「你喜歡這玉如意嗎？」

蘭一瞥了他一眼，沉默地讓他把自己抱到床上。

喜歡跟不喜歡，有什麼區別？反正他從來沒有選擇。

晚飯時見不到蘭一，許三清很關心地詢問，但楊宇說蘭一習慣不吃晚飯，許三清又想到他叮囑過自己要減食輕身，頓時就沒了胃口，把才啃了一半的第三碗米飯放下：「嗯，那我也不吃了，我回房間去練功了。」

「咦？」蘇星南一驚，許三清竟然沒胃口？太陽從西邊升起來了嗎？嗯，其實他也分不清哪邊是西邊，「你飽了？」

「我要減食輕身。」

「你夠輕的了啊。」蘇星南擔憂地看了看許三清的身板，「再減下去你就剩下骨頭了。」

許三清發起脾氣來：「反正我就要回去練功了，你別煩我！」說罷就擱下筷子，順了一隻酸梅鴨腿回房間去了。

蘇星南皺著眉頭看著許三清的背影遠去，楊宇饒有興味地說道：「星南，你這位道長朋友真有趣，比蘭一那冰冰冷冷的性子好玩多了。」

「楊大哥，你誤會了，許三清是正經修道人，跟蘭一道長不是一類人。請你別讓星南為難。」蘇星南盯著楊宇，若是楊宇有對許三清出手的意圖，他明天就尋個藉口通知賀子舟把許三清帶回去。

「星南，你是不是對我有什麼誤會啊？」楊宇皺眉了，「我是男女通吃，但也不是見了個好玩的男人就要搞上床的。」

蘇星南也沒想到楊宇如此直白，只好忍了一肚子鬱悶下去，拱手道歉：

「嗯，那是星南誤會了，請楊大哥見諒。」

「哦，不必道歉。」楊宇爽快地回答，「因為我的確挺想把他搞上床的。」

「砰」的一聲，蘇星南打翻了一只酒杯，酒杯落地時的聲響竟響亮得蓋過了楊宇說話的聲音，顯然是蘇星南往裡頭注了功力：「哦，不好意思，楊大哥你剛才說什麼？」

「……沒什麼，一只酒杯而已。阿才，掃一下地。」楊宇拍拍胸口的長命鎖。哎呀，現在的年輕人真不能開玩笑，還是蘭一好，任憑他說什麼話都是一副死人臉。

「星南也吃好了，楊大哥，請便了。」

蘇星南作了這個凌厲的警示後便抽身離席。楊雪死後他每年都來參加生辰拜祭，房間已是固定給他的了，他也不需人帶，便徑直回了房，但思前想後，總覺得楊宇不是那麼容易被他嚇退的，還是得提醒一下許三清。

謀定後動，想好了措辭後，蘇星南便往許三清房間走，卻發現許三清此時正站在院子裡，看著一棵光禿禿的樹皺眉。

蘇星南走過去：「你不是練功嗎，怎麼跑出來看樹？」

「現在是什麼季節？」許三清忽然問。

「現在？端午都過了，自然是夏天。」蘇星南順著許三清的目光看去，「這樹有什麼不對嗎？」

「為什麼明明夏天了，這棵樹還是這樣光禿禿的？」

「應該是得了什麼病吧？」蘇星南道，「你覺得有什麼不對嗎？」

「如果只是一棵樹，那可能真的是它得了什麼害蟲病。但是，整個院子呢？」許三清第一次經過這院子時跟蘭一聊得太興高采烈沒發覺，此時才感覺到了異常。

「嗯？」蘇星南聞言，也打量起這院子四周，整個院子裡的花草樹木，都是一片灰敗之色，哪怕看見幾株略有生機的，也能看得出是花王剛剛移植下去不久的，簡直跟外頭蓬勃向上的綠意處於不同的世界。

「是有什麼妖魔鬼怪作祟嗎？」蘇星南一驚，「莫非雪兒的死也……」

「你別想這麼遠行不行？」許三清真是服了蘇星南，起初一點都不相信，見識過了真貨以後，倒是時常把無關的東西往鬼神上靠了，「就是你這樣不學無術只會亂講的人，害我們變成神棍術士。」

「唉，我這，我……唉！」蘇星南啞口無言，只能閉嘴了。

「別咿咿啞啞了，幫我個忙。」許三清指了指屋頂，「你跳上去，幫我拿一些藏在瓦片下的泥土下來。」

「什麼?!」蘇星南不解，「這又是什麼名堂?」

「這是……咦，你又不是我徒弟，我幹嘛要跟你解釋?」許三清眨兩下眼睛，賊兮兮地盯著蘇星南，「你叫我一聲師父，我就告訴你啊。」

「……無聊。」

這低級的把戲蘇星南才不會上當，直接就跳上了瓦片頂，正準備撥下泥灰，便聽見一聲叫喊：「你們在幹什麼?」

「哦，蘭一道友……你臉色不太好啊，是不是不舒服?」

許三清跟廊下一個人打招呼，在屋頂上蘇星南看不見那人的臉，待跳下來了，才發現那是穿著便服，只拿髮簪鬆鬆散散地挽了頭髮的蘭一。

蘇星南打了招呼後就側過臉去不看他，這種臉色，分明是縱欲過度，也就許三清會以為他是不舒服了：「喏，瓦片底下的泥灰。」

「嗯，謝謝。」許三清接過泥灰，小臉忽然皺成一個奇怪的表情，好像遇到明明很容易的題目，卻怎麼都解不出來的感覺，他保持著這個表情看了看蘭一，卻什麼都沒說，就回房間去了。

「喂，許三清，你倒是告訴我你到底想幹什麼啊？」

蘇星南追在許三清後頭跟他進了房間，蘭一皺著眉頭看了看院子，聯想許三清的行徑，當即心下清明，不禁嘆了口氣。

「三清小道友，對不起，讓你失望了。」

第九章

「你到底在擺弄什麼啊？」

進了房間以後，許三清仍然是一言不發。他拿了個杯子，把泥灰倒進去，倒上些水，又打開布包掏出道黃符，貼在杯子上，然後就閉上眼睛，結著手印，開始念念有詞。

「天地靈氣，正一借法，陰陽清濁，升沉有序，分！」

眼一瞪，手一指，那道黃符暫態冒出一道火來，蘇星南雖然有點習慣了，但還是小嚇了一跳。

那火焰與一般火焰無異，但細看便可發現火中藍色的部分沒有了，全是黃色跟火紅，蘇星南看出了異常，卻不知道這異常代表什麼。

許三清仍是不說話，待那火燒光了整道符，他才把那混著紙灰的瓦脊土攪拌好，然後走回院子裡，凝神一會開了天眼，環視四周一圈，跑到一個角落，挖開了地上的泥土，把瓦脊土埋了進去。

「許三清，你到底在幹什麼？」

做完這一切，許三清竟然就想回房關門攆人，蘇星南一把捉住他的手臂質問。

「我都說了，你不是我徒弟，我不用跟你解釋！」許三清想掙脫蘇星南的手，但力量差太遠，怎麼都甩不開。

「我不是問你這個。」蘇星南把他往裡一推，推進房間去，又關上門來，「我問你為什麼一臉愁眉不展？」

「我愁眉不展？」

「你就算發現了玉靈作怪，也只是焦急，沒有這樣憂愁難過的表情。」蘇星南語氣緩和下來，他把許三清按到椅子上坐下，自己也坐下來與他平視，「道術我是不懂，但我可以像朋友一樣聽你講一下煩惱的事情。」

許三清愣住了。朋友，這個詞他知道是什麼意思，但多數這個詞都是在「我們是朋友啊，你幫我看個相就別收錢了」或者「你連這個都要收錢，還當不當我是朋友」的場合下出現的。這樣認真地看著他，在自己還沒有求救之前就伸出手來要拉自己一把的朋友，許三清當真沒有遇到過幾個。

蘇星南看他愣住了，便揚起手來在他眼前揮了揮：「喂，你怎麼了？不是真的中邪了吧？」

「我、我沒事，不，我有事，但是，我現在還不知道是不是我的事……哎呀，怎麼說才好呢，我其實是……哎……啊！」許三清怕他有一刻遲疑，這伸出來的手就要收回去了，於是忙不迭地開口，情急之下，竟然一口咬破了舌尖，痛得他「啊」一聲叫了出來。

蘇星南嚇了一跳，以為是出了什麼大事，許三清要咬破舌尖噴童子血，但片刻便發現他只是捂著嘴巴嗷嗷叫，終於忍不住大笑了起來：「你、你這個蠢貨，哈哈哈！」

「不許笑！嘶嘶……好痛！」許三清心想，還不是你問問題才害我咬到舌頭。他又急又怒，又羞又氣，只能憋紅了臉，從布包裡翻出藥瓶，對著鏡子折騰著塗藥粉。

銅鏡在晚上特別昏黃，舌尖上那一點點的咬傷照得出來才有鬼，蘇星南笑夠了，便走過去捏著許三清下巴把他的臉轉過來：「這光線哪照得見，我幫你吧，省得你又說我欺負你。」

「本來……就是……喲！」被捏著下巴的許三清說話都說不好，只能乖乖吐著舌頭讓蘇星南給他點上藥粉。

光線實在不好，蘇星南稍稍低下頭去，那紅豔豔濕漉漉的舌尖上有一處特別紅的破口，他單手夾著藥瓶往上倒，卻是撲了許三清一臉的粉。許三清連打了幾個噴嚏，蘇星南連連道歉。想了想，乾脆把藥粉黏在指尖上，輕輕點上那小破口。

許三清打了兩個噴嚏，眼睛裡全是淚水，眨兩下眼睛，便看見蘇星南那張雪後初晴般冷然又和煦的臉，定在自己鼻尖前兩分位置，長長的睫毛半垂著，修長的手指專心地給自己塗藥粉，頓時心裡一陣狂跳，那吐在外頭的舌也不禁微微顫抖起來。

「別動，全糊到舌頭上了，你不覺得苦啊？」蘇星南捏著許三清下巴的手用力了一點，把他的舌卡在外頭，許三清心裡叫苦，只能任他擺弄。

好一會兒，一層厚厚的藥粉才覆蓋住了那流血的傷口，蘇星南滿意地點點頭，旋即皺了眉：「哎呀，你口水都流我手上了！真是豈有……此……理……」

蘇星南嚷嚷著眼睛一抬，便正正對上了許三清濕潤的眼睛。只見他被自己捏著下巴仰起臉，濕紅的舌頭顫顫地伸了出來，涎水從嘴角淌下，直淌到他手上，可憐無辜得像待宰的小鹿，莫名其妙地讓人生起一陣「欺負一下應該很好玩」的惡劣興趣。

「麻了……」許三清眨了眨眼睛，視線隔斷的時候蘇星南忙不迭地鬆了手，逃也似地跑到了距離他最遠的地方站著，「我下巴都麻了。」

「你舌頭受傷了就別說話了。」蘇星南慶幸許三清不懂武功，要不一定聽出他氣息紊亂得不像話，「我也回去了，你好好休息吧。」

說罷，便一把拉開門，跑了出去。

「咦？這不是他自己來問我話嗎？怎麼成我多話了？」許三清歪著頭不解，好一會，咧開嘴來，笑得甜如蜜糖，「算了算了，看在徒兒你長這麼好看的分上，為師就不跟你計較了。」

蘇星南一口氣跑回自己房間，一屁股坐到床上，往自己臉上狠抽了一個耳光。

他這巴掌沒留一分力，右邊臉上頓時出現五個鮮紅指印，連嘴角都隱隱生痛。

痛楚上來了，便把三分邪念給壓了下去，蘇星南往自己左臉又抽了一個耳光，終於把自己搧得靈臺清明了。

——蘇星南，這是楊家，是你妻子的娘家，再過五天便是你妻子的生忌，你這畜生怎麼還會因為一些色相引誘便起了色心，竟然對自己的救命恩人起歹意？

其實蘇星南自己也挺鬱悶，第一次他以為自己只是敏感的地方被無意撩弄了，是純粹的生理反應。但剛才，他是真真切切覺得心裡撲通了一下，一時間竟想不起那個淚眼汪汪的人是許三清。

嗯，是了，許三清雖然是男兒身，但他年紀小，容貌仍有些男女不辨的可愛，長得又清秀，個子也小巧，所以他才會把他當作姑娘一樣看待，不自覺起了歪念。

「得督促他多吃點飯，好好長身體，強身練武，趕緊脫了這稚氣才是。」蘇星南嘟嘟囔囔地開解了自己一番以後，便寬衣睡去。

一夜無話。翌日清晨，他卻被一陣下人聊天討論的聲音吵醒了。

「哎呀竟然發芽了！」

「這院子好多年沒見過綠色了呢。」

「別高興，也不知道是好事還是壞事……」

「你們在討論什麼？」蘇星南推開窗，湧進來的陽光帶了點斑駁的綠意，他瞇了瞇眼睛，只見昨天那棵形同槁木的樹展開了一片片小綠芽，花圃裡的也從灰綠轉為淡綠，院子還是那個院子，但好像一夜之間就煥發了生氣，脫胎換骨。

「蘇公子早，我們去幹活了。」被逮著聊天的僕人很快就散了去，蘇星南知道這肯定跟昨天許三清的行徑有關，便馬上穿衣梳洗，想去找他問個究竟。

果不其然，才走到院子中庭，就看見假山的另一頭，許三清正蹲在地上，兩手托腮地仰望著那棵重獲新生的樹，一臉惆悵愁容。

蘇星南走過去，影子把小狗似的許三清給遮了個烏雲蓋頂：「你幹嘛蹲在這裡？」

「我煩惱啊，還不准人煩惱嗎？」許三清愁眉苦臉地朝蘇星南伸出手去，「拉我起來。」

蘇星南有點避嫌地遲疑道：「你自己不會起來啊？」

「腳麻了……」

蘇星南無語，只能把他拉起來，許三清蹬了幾下發麻的腿腳，又是長長地嘆了口氣。

「你在煩惱什麼？」蘇星南看不習慣他一腔心事的樣子，「這院子恢復生氣，是因為你埋了符灰跟瓦脊土的緣故嗎？」

許三清不再非要他喊師父才告訴他實話了，順從地點點頭道：「是的。」

「為什麼你一埋那東西就恢復生氣了呢？」

「孤陰不生獨陽不長。我昨天發現這裡的院子的結構，剛好把陰氣的流動給截斷了，所以這院中的草木都難以存活，我埋的符跟瓦脊土是給這個院子人為開一個陰眼，陰陽流動恢復了，自然回復生機了。」許三清解釋過後，又嘆氣了，「可我還是不懂。」

「陰陽交合生萬物，挺正常啊，你有什麼不懂呢？」

「我一眼就看出來的不對勁，為什麼蘭一道長這麼久都看不出來呢？」許三清抬頭看蘇星南，「你說這是為什麼呢？」

「這……」蘇星南一時之間也說不出話來，告訴許三清那個蘭一只是一個穿著道袍賣身的假道士？先不管許三清信不信，這種背後說三道四的行為，也不是蘇星南所為，「你何不自己去問蘭一？」

「如果他有什麼苦衷那我豈不是在逼他嗎？」

「苦衷？」蘇星南忽然想到了一種可能性，「你剛才說孤陰不生獨陽不長，植物會枯死，那活在這裡的人會怎麼樣？」

「理論上也會受到一些影響，但這種影響微乎其微，除非常年累月都在這裡生活……」許三清忽然頓住了，「楊宇公子跟楊雪小姐……」

「會怎麼樣？」聽到楊雪的名字，蘇星南心裡一緊。

「沒、沒什麼。」許三清搔搔頭髮，「唉，我是來幫你查案子的嘛，幹嘛煩惱起花草樹木的事情呢，你說對不對！」

「……話雖如此，但楊大哥似乎不喜歡我繼續為此事糾結。」蘇星南輕嘆口氣，「雪兒是在他跟前咽氣的，想必他的痛苦比我更多。」

許三清問：「楊姑娘走的時候，容貌是怎樣的？」

蘇星南卻搖頭了：「雪兒離開的時候，我正在京中考試，當我知道消息的時候，她已經下葬了。」

「哦，那我們要去問問楊大哥了，走吧！」

許三清十分積極，馬上就拉蘇星南去找楊宇，蘇星南怕他言辭不當，便叮囑他道：「你問歸問，不要說什麼妖魔鬼怪的話，你要是把雪兒說得像妖怪，我也會揍你的。」

「人就是人，人怎麼會是妖怪呢，我只是想知道一些……一些別的事情。」

許三清推開蘇星南，「路痴還走前面幹嘛，後面跟著！」

蘇星南當場無語，剛才是誰催促他快走的啊？

兩人來到飯廳，只見楊宇跟蘭一正在吃早飯。楊宇今天仍是穿得金碧輝煌，見了他們，很熱情招呼他們落座：「許道長，香芋小米粥，黃金油條跟三絲炒麵，合口味不？不合適可以馬上叫廚房弄別的。」

「我不挑食。」一見食物，許三清就忘了一半正事，等他抓了油條啃了半條，才想起要問的事情，他放下油條，朝蘇星南道，「我忘了拿東西。」

「那吃完早飯去拿。」蘇星南不以為意。

「不行，很重要的，你現在就幫我去房間拿過來吧。」許三清忽然很堅持。

楊宇搭話：「要拿什麼東西，讓下人去就是了。」

許三清一口拒絕：「不行，那是本門重要的祕密，不能讓外人隨便拿。」

蘇星南皺眉：「我也是外人啊！」

「我這不是努力把你變成自己人嘛！」許三清已經用力推他起身了，「就在我平常那個布包裡，把那本黃色封皮的書給我拿過來，別婆婆媽媽了，快去！」

「好好好，我去就是了。」蘇星南大惑不解，但也只好去幫他取書了。

待他走開，許三清便馬上回過頭來，目光在楊宇跟蘭一之間來回了三遍：「我、我想問一個問題……我絕非有意冒犯，只是想知道答案。」

「此地滿園灰敗，陰陽不通，長期浸淫下，楊宇的確喜好男色，我也是他榻上客，除此之外，你還想知道什麼？」蘭一倒是承認得痛快，「你昨天讓蘇公子跳上跳下的時候，我就知道你看出來了。」

「呃……」蘭一一口氣把許三清想問的事情都說了，反弄得許三清愣住了一下，「道友你……我記得全真教是不可以婚配的。」

「婚配？」蘭一蹙眉，怎麼都沒想到許三清會想到這方面去，「就算我不屬全真教，也沒有男子跟男子婚配的吧？」

「那、那你這是……哎，莫非你是……啊啊，我明白了。」許三清拍了一下額頭，「此法凶險，道友請好生珍重。」說罷，又對楊宇道，「你一介凡胎也肯為蘭一道友這樣做，你一定很喜歡他吧？」

「咦？」楊宇傻了，他喜歡蘭一沒錯，可是，這小道長說的話好像跟他理解的不一樣啊，「我、我沒什麼要緊的。」

「既然如此，你個人修行之事，我也不便多說什麼，但望道友謹記，循天理行大道，不辱道教名聲就是了。」許三清覺得自己不應該再問他們兩人的事情了，便轉了個問題，「那楊雪姑娘……她也自小在這裡長大，豈不是也……」

兩人俱是沉默了一會，不過蘭一是猶自為許三清的話而愣怔，而楊宇卻是別有考量而遲疑了回答。

「其實你不必遣走星南。」過了一會，楊宇回答道，「雪兒是二夫人所出，不與我同住這邊，她在城南一處小樓與她母親生活，那裡繁花似錦綠草碧天，她並沒有受這樣的氣場影響。」

「哦，原來如此。」許三清點頭。

楊宇問：「道長為什麼問起了舍妹的事情？」

「這個啊，也沒什麼，就是好奇一下未來徒弟喜歡的女子而已。」許三清掰了個藉口，「待會他回來了可不准告訴他啊！」

「自然不會。」

許三清隨後又問了一些楊雪的情況，說話間蘇星南便回來了，手上拿著一本黃色封皮的書，但許三清接了書便拖著蘇星南出門去了，根本不給他坐下來說話的機會。

看著昂藏七尺的蘇星南被許三清拽著拉著拖出門去，楊宇忍不住大笑起來：

「哈哈哈哈，小道長好臂力，竟然能拖得動蘇星南！」

蘭一卻毫不意外：「道教弟子入門前幾年，除了睡覺以外都要在四肢跟腰上綁著沙袋行動，一點蠻力算不上什麼。」

楊宇回過頭來看他：「是哦，蘭一道長也是正經八百的道教弟子啊，我都快忘了。」

蘭一不理他，吃了幾口粥就起身了。

「你去哪？」楊宇跟著起身。

「回觀裡。」蘭一卻道。

「雪兒的儀式還要你主持呢，你這就回去？」

「就是還要主持祭奠，所以，至少讓我清心靜氣地修煉這五天，也算是對令妹的尊重。」蘭一甩開楊宇伸過來攬他腰的手，面無表情地往門外走。

楊宇不攔他，只道：「那回答我一個問題。」

「請說。」

「剛才小道長說的話什麼意思？」許三清說的太零散，楊宇只好籠統地問。

蘭一轉過身來，看著楊宇的眼睛說：「他以為，我是為了突破修煉瓶頸才找你雙修，你甘願折壽讓我修煉，所以他誤會了，覺得你一定很喜歡我。」

蘭一說「你一定很喜歡我」是一個誤會，楊宇一時之間竟然無法應對，只能「哦」了一聲，又坐了回去。

蘭一薄紅的唇抿成一道直線，轉身走出門外。

第十章

「招魂？」

被許三清拉著出門去了的蘇星南詫異地看著他：「真有這種事情嗎？」

「有，怎麼沒有呢？」許三清一邊翻著那本黃色封皮的書，一邊把要用到的材料記下來，「只不過這招魂的道術是茅山專長，我學的正一道，可能有點不一樣，不過都是道教的知識，我想我能學會的。」

「你能學會？」蘇星南瞪大眼睛，「就是說你根本就不會，現在才來學？」

「嗯，基本上是這樣。」

「我不許你這樣胡來。」蘇星南皺眉，把正要踏進藥材鋪的許三清捉回來，拖到一條小巷子裡教訓道，「上次你半斤八兩地跟玉靈鬥法，幾乎把自己折騰死了，這回你連一兩本事都沒有就想招魂，萬一出什麼意外怎麼辦！」

「玉靈比一般亡魂厲害多了，我連玉靈都不怕，還怕招魂不成？」蘇星南關心他的意思其實已經很明顯，但許三清仍然只顧著保持自己的光輝形象，嚷嚷著反對，「實在不行，還能叫蘭一道長幫忙啊，他各家各派的道法都有修習，可比我厲害多了，你就放心吧！」

蘇星南皺起眉來，神情有點奇妙：「你又怎麼知道蘭一是高手呢……不要看楊宇那麼、那麼照顧他就以為他本領很高強啊。」

許三清也皺眉了，神情比蘇星南更為奇妙：「你怎麼老是針對蘭一呢？我這內行看門道，難道會比你這外行差？」

蘇星南敗下陣來，只能顧左右而言他：「我不是這個意思……你剛才急著要這本書，就是為了招魂？」

「嗯，一般來說，剛剛去世的人魂魄的波動比較強烈，容易召回來，但楊小姐已經去世三年了，即使還沒有投胎，魂魄也已經很弱了，所以我得找找看有沒有能加強招魂術的方法。」許三清一邊說一邊翻到一頁，舉到蘇星南跟前，「你看，這裡就有記載……」

「我不看，待會你就硬說我偷看了你門派的祕笈一定要我入門了。」蘇星南用力閉上眼睛。

「你！我是這樣的人嗎？」

「你是，你就是！」蘇星南笑了，摸索著握住許三清的手，讓他把書闔上，這才睜開眼來，「反正你看了就是，要買什麼就買吧。」

「還不是你把我拽進來的嘛！」許三清心裡那個鬱悶吶，只想揍蘇星南一拳，但看看兩人身高差，又被蘇星南那映著陽光的融雪一般的笑給閃了閃，只好改為撅著嘴抗議，傲氣地一仰頭越過他就要往巷子外走。

本就不認得路的蘇星南也樂得讓他逞這個強，但才走兩步許三清就停下來了，他推了推他：「幹嘛停下？」

「那不是楊大哥嗎？」許三清忽然往回縮了兩步，趴在巷子口裡只探出雙眼睛去，「他怎麼跑來這裡？」

「杭州還有他不能去的地方不成？」蘇星南皺眉，卻也跟他一起躲起來了。

「不是，楊大哥說過，這邊是楊小姐的母親一直住的地方，他很少到這邊來。」許三清轉轉眼睛，「難道是找楊小姐的母親一同拜祭？」

「不會，楊二夫人在雪兒十四歲是就去世了，之後雪兒也搬到了楊家大宅一起住，那小樓應該是空置的。」蘇星南長腿一邁就想走出去，「直接問他吧。」

「等……」許三清想拉住蘇星南都拉不及了，只能跟他一起走出去了。

「楊大哥。」

蘇星南喊住楊宇，楊宇回過頭來一看，迎了過來：「星南，你過來這邊幹嘛？迷路了？」

「楊大哥你過來這邊幹什麼呢？」蘇星南未及回答，許三清已經搶先發問了。

楊宇摩擦了幾下大拇指上的玉扳指，笑道：「實不相瞞，我在這邊養了一戶小妾，趁這天空閒，便過來看看她。兩位既然到這邊來了，一起去喝個茶？」

蘇星南見怪不怪了，婉拒道：「不必了，我們……」

「好啊好啊，反正也是閒著。」許三清卻專門跟蘇星南唱反調，很積極地應承道，「我也正好想歇一歇。」

楊宇笑了笑，說著「走吧走吧」就往前開路，蘇星南皺著眉頭跟在許三清後面，正想問問他打什麼算盤，楊宇便一拍腦袋回轉身來：「哎呀，我剛才忘了，上次我答應小妾說，下次去看她的話，要把綢緞莊最好的布匹給她送過來，她才會給我開門。我這兩手空空，還是先別去了。」

「那有什麼大不了的，楊大哥要找兩匹好料子還不是手到拿來的事情？」這藉口編得太差，連蘇星南都懷疑起來了。

「你們不知道，我這小妾本來是染坊裡一個小女工，被我看上了，她是識貨之人，我在街上買的貨色絕對騙不過她。」楊宇說著就拉著他們往回走，「都別忙活了，不如隨我到天香院去聽會兒小曲？」

「聽曲就不必了，我們還有正事。」蘇星南生怕許三清又唱反調，便馬上瞪了許三清一眼，還真的就把嘴巴已經張開來了的許三清給瞪閉嘴了。

「哦，那我就自己去了，請了。」楊宇也不盛情相邀，搖晃著一身金銀珠寶往反方向走了。

許三清扁著嘴道：「我現在可以說話了沒？」

蘇星南點點頭：「說吧。」

「你沒覺得楊大哥在隱瞞什麼東西嗎？」許三清指了指街角那幢雅致小樓。

「發覺了。但這能說明什麼呢？」蘇星南往那邊走了幾步，「我去探探？」

「光天化日的，你飛簷走壁也太顯眼了吧！」許三清扯扯他袖子道，「要探這小樓也要等到以後，現在我們先去準備東西，晚上招魂。」

「招魂？」

蘭一皺著眉頭打量許三清，此時他已返回自己出身的太華觀，換上了正規的深藍道袍，一絲慵懶的情色都沒有，他伸出手去捏了捏許三清的肩胛骨：「你這身板，絕對禁不住魂魄沖身。再說，楊小姐已經去世三年，魂魄說不定早已投胎，萬一你把與她八字相同的凶魂招來了可怎麼辦？我不贊成你這樣做。」

「可是，楊小姐臨終前連自己的夫君都見不到，她一定有很多話想跟蘇星南說，就像蘇星南也有很多話想跟她說一樣，不讓他們了結心事，楊小姐也不會甘心投胎吧？」許三清正坐在蒲團上央蘭一給他護法——蒲團是他這輩子坐得最舒服最安心的傢俱了，見蘭一依舊不鬆口，許三清便去拉蘇星南的袖子，「蘇星南，你說是不是？」

「我……的確很為這件事感到遺憾。」蘇星南看許三清這麼積極為自己籌謀，身為當事人也該表現得急切些，「如果可以，我真的希望能聽見雪兒親口跟我說話。」

「……此法凶險異常，三清，憑你之力，無法承受。」蘭一嘆口氣，「蘇公子，你既然已經跟楊小姐合過八字，想必是相宜之數，那今晚由你主導招魂吧。」

「我？」蘇星南十分驚訝，「可是我並未修習過任何道法……」

「道術跟道法是不同的。道法需要依靠常年修煉法力去催動，而道術就像算術，只要知道口訣，每個人都能運用，就像知道了乘法口訣以後每個人都能算數一樣。」蘭一補充道：「當然了，若你不想冒此大險，放心心中執念，乃是最佳做法。」

「不，我要做！」蘇星南堅決點頭，「今夜招魂，由我來主導！」

計畫既定，許三清等三人就打點上招魂所需的物品，趁著太陽沒下山，趕去楊雪的墳前。

「三清，麻煩你到那邊觀察一下氣脈走勢，看看四周是否有不宜招魂布陣的地形。」蘭一指了指東邊，「我到那邊去。」

「好。」許三清點頭，走了兩步又折回來，對蘇星南道，「你就站在這裡不要動，要不你迷路了我可不知道該怎麼找你。」

蘇星南抗議：「這條路我是認得的！」

「那是白天，現在接近黃昏了，蘇公子你還是別冒這個險了。」許三清嚴正警告，蘇星南只好尷尬地答應了，說自己一定不會離開，許三清才蹲起羅盤往東邊走去。

蘭一遠遠地聽到兩人說話，不禁笑了起來，搖搖頭也往西邊走去了。走出頗遠一段距離以後，他站定身子，負手身後：「出來吧，他們應該看不見你了。」

話音剛落，楊宇就搖曳著一身珠光寶氣，從掩映的樹叢裡走了出來：「你從什麼時候知道我在跟蹤你們？」

「一開始就知道了。」蘭一瞥他一眼，楊宇的味道他還能陌生不成？

「那你還答應跟他們一起來招魂？」楊宇皺眉，「你又不是不知道，小妹根本不喜歡蘇星南，萬一真把她召出來了，那可怎麼辦？」

「正因如此才需要徹底講清楚。」蘭一轉過身來，堅定認真地說道，「蘇星南雖然有點公子氣，但他對楊雪小姐是真心真意的，若他不能解開這個心結，只會一輩子都不舒心。」

「可是，也有可能小妹已經再世為人呢？那不也一樣讓他一輩子不舒心？」

「如果小姐已經投胎，那也正好叫他別再牽掛，至少他已經試過了，也該開始他的新生活。」蘭一忽然退後一步，嘆氣搖頭，「算了，你這種人，又怎麼能瞭解一個用情專一的人對待感情態度呢？」

「你這樣說是什麼意思？」蘭一退一步，楊宇便上一步，眉毛一挑，臉上露出明顯的不滿，「我自從跟你一起，就沒有過別人。」

「別的男人。」蘭一給他補充道，「城南小樓，不知道是楊公子第幾房小妾？」

「……你吃醋？」那一抹不滿化了開來，漾成楊宇嘴角深深的笑，他不顧蘭一反抗，拽住他的手臂，「蘭一道長，你這可不利修行啊。」

「不利修行?!」蘭一忽然大怒，手腕一翻就擺脫了楊宇的糾纏，右手扼住他喉嚨把他按到了地上，惡狠狠地朝他厲聲質問，「你竟然還敢跟我提修行、你竟然敢跟我提修行！你真以為我沒了你就不行嗎?!你真的以為我不會殺你嗎?!」

楊宇卻是一點都沒有被蘭一的怒火嚇到，他甚至挪了挪身子調整好姿勢，讓自己躺得舒服點：「我壞你修行還不是因為喜歡你嘛。」

「……你的喜歡，自私狹隘。」

蘭一沉下眉目，鬆開手來，甩了甩衣袖往回走。

楊宇爬起來，一邊把身上的泥塵拂乾淨，一邊追上蘭一。

蘭一一直鐵青著臉，薄唇緊抿。

兩人沉默地一路走回楊雪的墳墓，直到距離目的地不過十來步的時候，楊宇忽然很快很輕，又十分肯定地在蘭一耳邊說了一句話：「我自私狹隘，那你就是自欺欺人。」

蘭一一愣，楊宇已經跑前兩步，跟守在那裡的蘇星南打招呼了：「星南！」

「楊大哥？」蘇星南見到楊宇有點心虛，畢竟他在打擾別人妹妹的安寧，「你怎麼會在這裡？」

「還說呢，要不是我剛好想到太華觀找蘭一，還不知道你們竟然要做這種大事！」楊宇責罵道，「你要招小妹的魂魄，是不是該跟我說一聲？」

「實在非常對不起。」蘇星南抱拳道歉道，「我也是情非得已……」

「什麼叫情非得已！」楊宇喝道，「你這樣說，就是認為我一定不會同意，覺得我是那種執著認定打擾死者靈魂是大不敬的死罪的老古董是不是？」

「不，我沒有這樣想，只是、只是……」蘇星南見反正掰不回來了，乾脆就掠過了，「星南多謝楊大哥成全。」

「什麼成全不成全的，那是你的妻子，你的感情，你的執著，我還能強迫你不要喜歡她不成？」楊宇指桑罵槐地說著，往蘭一瞥了一眼，蘭一只當看不見，「行了，你們要怎麼辦就怎麼辦，但我這個當大哥的，總有資格在一邊看著吧？萬一你們弄不好把我小妹弄得魂飛魄散什麼的，我可是要跟你們沒完的。」

「魂飛魄散？」蘇星南一愣，連忙問蘭一，「蘭一道長，會有這個可能嗎?!」

蘭一想了想：「要是招魂的對象性格暴戾，或者是受冤屈而死的，那冤魂惡鬼可能會乘機反撲，有時候鬧得太凶，為求自保，我們打他們打散也是迫不得已。但楊小姐並不是什麼冤魂惡鬼，應該不會有這種場面。」

「即使有，也一定不能把她打得魂飛魄散！」蘇星南在心裡後悔，還好楊宇提醒了自己，要不出了什麼差錯，他要背負一輩子的就不只是遺憾，還有內疚了，「如果她實在有什麼冤情惡意，也請你們先把她捉下來再想對策，好嗎？」

蘭一苦笑：「蘇公子，如果能把魂魄捉下來，我又怎麼會狠下毒手呢？只能說盡力為之，楊公子。」

忽然被點到名，楊宇猛地看了過來，就見蘭一看著他的眼神越發冰冷：「數年前我也曾為你家掌櫃的案子招過一次魂，那被自己伙計栽贓謀害的壯年掌櫃都沒鬧出什麼事。貧道想，只是病逝的楊小姐應該不會有什麼強烈的反撲。」

楊宇知道蘭一是鐵了心要幫這個忙，只能訕訕然退讓：「那就聽你的了。」

「我回來啦！」許三清氣喘吁吁地跑回來，「那邊沒有問題……咦，楊大哥？」

「楊大哥也想見見雪兒。」蘇星南先一步開口，暗暗向許三清使眼色，示意他別深究。

「這……好吧。」許三清頓了頓，也只好點頭了。

「既然如此，那等太陽完全下山的時候，就開始吧。」蘭一道。

「嗯？不是該等到越晚越好嗎？」蘇星南最近很愛發問——畢竟他本質上是個聰敏好學的人，即使沒有拜師學藝的想法，多知道一點學識對他來說並無壞處。

「楊雪小姐是在日落後不久去世的，所以在那個時候招魂最好。」蘭一看看蘇星南，「你對道術感興趣？」

「呃……我不是……」

「咳咳！」許三清一看這架勢，連忙跳出來搶存在感，「蘭一道友，蘇公子是我先看上的，你不能招攬他做徒弟！」

蘇星南哭笑不得地推了許三清手臂一下：「我都說了，我對拜入道門沒有意思。」

「我管你對道術有沒有意思，反正我對你很有意思！」許三清嘴巴一撅，哼了一聲就不管蘇星南了，拉扯著蘭一去準備東西。

蘇星南愣在原地，覺得胸口上一陣輕飄飄的癢，好像有貓爪子在撓。

第十一章

暮日終究沉沉落下了，楊雪的墳地依舊風光富貴，但此時卻越發讓人毛骨悚然，好像那些磚塊會隨時移動開來，從裡頭跳出什麼鬼怪一樣。

蘭一跟三清一同在墳墓四周彈上墨斗線，又在地上灑赤硝粉以防起屍，最後用銅錢擺出陣法圖案，便把一把桃木劍塞到蘇星南手裡。

這桃木劍通體油亮，是蘭一從太華觀裡帶來的，一看便知有些來歷，但蘇星南此時有些緊張，也沒有心思去問，他蹙著眉在心裡默念剛剛蘭一教他的招魂口訣，生怕自己念錯。

「不用緊張，你這天生貴人命格，又是麒麟骨相，平常妖魔鬼怪都忌你三分的。」許三清安撫他道，「口訣念錯了從頭念就可以了，口訣要全部念完才奏效，不會到中途就有事情發生的。」

「嗯。」其實蘇星南過目不忘，怎麼會記不住呢，但到底是第一次直接跟異界事情對接，難免有些慌，「我念完口訣以後怎麼知道雪兒來了沒有？」

「待會我會坐在那裡。」許三清指了指那個用銅錢擺出來的圖案，「如果你招魂成功，那楊姑娘魂魄會被引導到那個陣中，附到我身上，到時你問我話，我說話的聲音若是變成了楊姑娘的聲音，那就是她被召喚出來了。」

「那，要怎麼送她回去？」

「送魂之事交給我就可以了。」蘭一過來，把一道生符貼在蘇星南腰上，「時辰到了，各就各位吧。」

「好。」蘇星南應了一聲，許三清已經跑到那個陣法裡坐下了。

其實這個招魂陣，最危險的並不是拿劍招魂的人，而是那個即將被靈魂附身的人。須知人的肉身正常只有三魂七魄，多一魄一魂，都是對肉體極大的負擔。以生人的魂魄來說，道教現存資料看來，在這方面最厲害的一位名喚白忘機，他曾經體納雙魂，完整地把含冤入獄的好友的三魂七魄載入自己的身體，為好友造成假死現象，待尋得時機，再把好友身體搬走，重新移魂入魄，讓他起死回生，躲過一劫。

白忘機只有一個，世上敢招魂的人，多數招的是死人的魂魄，死人的魂魄沒有生人厲害，一般能支持半個時辰，但許三清那麼瘦弱，道行又淺，能堅持住一刻已經很了不起了。

明知道這麼危險卻仍然要進行招魂，不過是想讓蘇星南能夠親自體會一下道術，讓他消除對道教種種奇怪的猜疑跟猶豫而已，許三清這分心意，蘭一是很感動的，所以也不跟他爭那納魂的事情。

只是不曉得蘇星南是否體會得到許三清的苦心了。

楊宇一直站在一邊觀看，沉默地皺著眉頭，無意識地轉著手腕上的金鍊子。蘇星南站在蘭一指示的位置，朗聲念誦起那招魂口訣。蘭一與許三清、蘇星南站成一個三角形，手中握著一柄拂塵，看顧著整個局面。

不對，好像有什麼東西來了……蘇星南越往後念，越發覺得一陣無形的壓力在身後趕來。他是武功高手，對氣息變化有著比常人更靈敏的感覺，他覺得後方好像有個人拿著什麼奪命武器向他奔來，但他卻無法回頭，也不能移動，更不能打斷口訣，他咬著牙關繼續念，蘭一顯然發現了異常，他往蘇星南那邊走了兩步，拂塵一甩，露出當中一支尖利的鐵蓮花，警惕地看著他。

還有五句！蘇星南用力一合牙，咬破了自己的舌頭，血腥滿溢開來，那股壓力條然減輕，他眨了眨眼，舒了一口氣，安安穩穩地把最後五句念完。

最後一個字念出，只覺一陣猛烈狂風從腦後颳來，掠過蘇星南，直撲許三清，蘭一驚呼一聲不好，飛快往許三清身前搶去，想把那陣風攔下。

許三清身上衣衫被狂風颳得撕裂開好幾個口子，他閉目咬牙，牢牢地維持著引魂手印，要把那蘊含著狂風之烈的魂魄往自己身上引。

蘭一搶上前去擋在許三清跟前，架起鐵蓮花想要擋住魂魄附身，卻覺得胸口像被大木樁猛捶了一下，跌倒在地，喉頭一陣腥甜，開口便吐出了一口鮮血：「三清，鬆開手印！」

聚精會神維持陣法的許三清似乎並未聽到蘭一提醒，定定地維持著姿勢，把那股狂撲而來的魂魄全數納進了身體。

「啊！」

轉瞬間，許三清一聲慘叫，倒在地上直打滾，只覺四肢百骸都在往不同的方向拉扯，劇烈的痛楚把他扯得四分五裂，雙目充血，青筋直跳。

「劍給我，按住他！」

「是！」

蘇星南撲過去把許三清按住，可瘦小的許三清此時力大無窮，蘇星南竟無法完全控住他手腳，只能跟他在地上纏鬥。

蘭一執起桃木劍，咬破食指迅速在劍身上寫滿符咒：「楊宇，去幫忙！」

「啊？」

楊宇一愣，蘭一便罵道：「讓你幫忙！你聾啦?!」

「是、是。」楊宇趕忙跑過去幫忙，蘇星南跟他二人合力，一左一右終於把許三清正面朝上地按住了。

許三清仍自痛苦慘叫，蘇星南看他一張臉漲得血紅，似乎隨時要爆出一臉血花，不禁後悔自己輕易信了許三清的話進行招魂，他早該猜到許三清那麼想要收他為徒，肯定會把這事說得輕而易舉，若真因此害了他，他可是要後悔終生的。

「紫薇辰幽，化合兩儀，乾坤一全，九訣歸真，回！」

蘭一與許三清派系不同，此時借法也是另一種光景，只見他臉上蒼白如霜，渾身真氣鼓動，吹得衣袂獵獵作響，彙聚在劍尖上凝成一股紅光。

蘭一猛喝一聲：「回！」隨即便一劍刺向許三清眉心。

蘇星南條件反射便想去擋，卻被楊宇一把拉住。

蘭一一劍刺下，堪堪點在許三清眉心位置。許三清眉間湧出一滴血珠，隨即白眼一翻，暈倒了過去。

「三清！」蘇星南連忙撈住許三清，楊宇卻是一個箭步彈了出去，扶住了臉色慘白搖搖欲墜的蘭一。

「沒事吧？」楊宇扶住蘭一，關切問道。

蘭一嘴唇發抖，撥開楊宇的手，冷冷地瞥了他一眼：「楊宇，你我今日，恩斷義絕。」

蘇星南一愣，剛才情況確實凶險，但這凶險與楊宇一分關係也無，為何蘭一如此憤怒，要跟楊宇恩斷義絕？

楊宇比蘇星南更詫異：「你這話什麼意思？」

「就是我跟你已經沒意思了。」蘭一轉過身去看許三清，「蘇公子，把三清背到太華觀，我要給他治療。」

「好。」蘇星南壓下滿腹狐疑，背起許三清跟蘭一往太華觀走。楊宇不遠不近地跟在他們身後，但蘭一始終沒有理會他。

到了觀中，蘭一為許三清療傷，忙了半夜，待他收拾起各種藥跟符以後，已然拂曉。

雖然蘇星南什麼都幫不上，但事情因他而起，他是決計做不到不管許三清自己休息去的，也在許三清床邊守了一宿。見蘭一終於放緩了表情，他才問道：「剛才到底發生什麼事？為什麼三清會這樣難受？」

蘭一揉揉眉心：「發生了一些我們都沒預料到的意外……至於怎麼描述這個意外，還是等三清醒了，讓他親自跟你說吧。」

「……那你跟楊大哥所說的又是什麼事？」

蘭一抬眼，慘澹笑道：「我跟他的事，不聽也罷吧？」

蘇星南聽他話中有自嘲之意，便知道是自己那倨傲輕蔑的態度壞事，馬上正色抱拳道：「蘭一道長，是我先入為主，誤以為你是那些邪門歪道的修道人。三清跟我說過很多次你是得道高人，但我都不信，還自以為是地輕蔑你，是蘇星南有眼無珠，井底之蛙，請你原諒。」

蘭一笑了笑，伸手拂散了蘇星南雙手，給他倒了杯藥茶：「蘇大人，你突然這般恭敬，我反而不習慣了。你並沒有看走眼，我的確跟楊宇有苟且之事。」說罷，他指了指四周，「你看這太華觀，在這番世道裡還能如此體面，觀中弟子都能好好修道，除了楊宇，誰能給我這般好處？」

「但我相信，你並非那些只靠色相巴結豪強的人，而楊大哥……」蘇星南接過藥茶喝了，一陣濃濃的睡意便襲了上來，一句話沒說完，便趴在桌子上睡著了。

蘭一沒有看他，那藥草茶本來就是寧神安睡的，蘇星南忙了一夜，自然是一喝下去就睡著了。

「我不是這樣的人？」蘭一一邊起身，一邊喃喃自語，「我都快忘記我是什麼樣的人了……」

出了房門，天色正是濃厚的魚肚白，照得太華觀裡一切都泛著淒涼的藍。

就連那珠光寶氣的楊宇，好像都失去了耀眼的光彩。

「你願意跟我說話了沒有？」楊宇一夜未眠，神情憔悴。

蘭一冷然道：「既是假話，你何必說，我何用聽？」

「我承認我沒告訴你我收了一房小妾，這是我不對，但我怎麼知道你原來如此緊張我呢？」楊宇拍拍臉，振作出個笑容來，「我現在知道蘭一也會吃醋，就再也不……」

「楊宇，算了。」蘭一躲開他攬過來的手，「你真以為我是在為這麼無聊的事生氣？」

楊宇皺眉：「那你到底在生氣什麼？」

「楊雪沒有死。」蘭一直視進楊宇的眼睛，「三年，你每年都叫我來主持祭奠，去祭奠一個沒有死的人！」

楊宇眉頭皺得更緊了，壓低的聲音裡隱隱有些怒意：「你不要疑神疑鬼。」

「楊宇，你是不是真的把我當作賣後庭的娼道了？」蘭一覺得自己很可悲，「我全真教弟子不是江湖術士，一個人死了沒死，難道我都看見她的魂魄了，還分不出來?!」

「你看見她的魂魄?!」楊宇一驚，一把捉住蘭一的手臂，力度有些大了，蘭一微微皺了皺眉，「你剛才……招來了她的魂魄?!」

「我早就跟你說過，生人的魂魄之力非同小可，兩魂相沖，隨時可能一起魂飛魄散，你就在一邊看著，卻一言不發，你剛才差點害死了許三清還有你妹妹！」蘭一反手捉住楊宇的手腕，狠力扼著，好像要把他手腕拗斷一般，「你趁我修煉時冒犯我，你趁朝廷打壓的機會折辱我，我卻沒有殺你，不是因為我真有什麼背負整個太華觀的責任感，是因為我起碼感覺到你那一分真心，就算你怎麼混帳，都沒有騙過我！」

楊宇痛得額頭冷汗直冒，以為手腕真要斷掉的時候，蘭一才用力把他甩了開去：「可是你現在，連這一分真心都沒有了，我再與你糾纏，就真的是犯賤了。」

話畢，蘭一便徑直走開，他常年修道，步伐飄飛若仙，楊宇幾乎用跑的才能追上。

「不是這樣的，蘭一，我有必須要這樣做的苦衷。」楊宇甩著手腕，齜牙咧嘴地解釋，「你先回答我，小妹現在可有危險？」

「魂魄已經安然送回，楊公子請自行探視。」蘭一交代完這最後一句，拂塵一甩，從那飄揚白毛裡伸出一直冷錚錚的鐵蓮花，逼得楊宇倒退三步。

這三步之間，蘭一早已消失無蹤。

許三清醒來時，只覺自己像被千軍萬馬碾過了一樣，痛得連抬抬手指都快飆淚，這般慘況，饒是挨打慣了的許三清也受不了了，咿咿啞啞地喊起痛來。

蘇星南伸了個懶腰醒來，聽見許三清喊痛，他連忙過去扶他起來：「三清，你醒了？沒事吧？」

「哪裡會沒事，我痛，我渾身都痛！」劇痛之下許三清再也顧不得要維持師尊的威儀了，嘴巴一扁，眼淚都在眼眶裡打滾，「我好像渾身散架了再拼起來一樣，好痛，痛死了。」

蘇星南跟許三清相處日子不算短，見他會這樣委屈地埋怨便知道他沒什麼要緊了，才放下心來，從床尾水盤裡撈了手巾絞乾，幫他擦臉：「我待會就去找蘭一道長，看有沒有什麼法子可以幫你止痛。」

「嗯。」許三清閉著眼睛讓他擦臉，忽然又睜開眼來，皺著眉頭問道，「你剛才叫我什麼？」

「咦？」蘇星南也是一愣，才發現自己不知道什麼時候起跟了蘭一的口吻叫他三清，「哎，大家是朋友，互相稱呼名字有什麼不對？你也可以叫我星南。」

「不、不行！這樣會亂了輩分，你還是叫我許道長吧！」

蘇星南哭笑不得：「你哪來的輩分！」

「我將來要當你的師父啊，所以你還是要叫我師父的，不能沒大沒小。」許三清說著無理取鬧的話，卻還覺得是理所當然。

要不是看他受了傷，蘇星南只想把他往床上一甩，就用扇子打他屁股，但他的傷還是為自己而受的，便只好無奈地岔開話題：「那請問許道長，你可有覺得口乾口渴？要不要喝水？」

「如果是徒弟給師父敬茶我就喝。」許三清看蘇星南一臉想發作又要按捺住的模樣，忍不住眉開眼笑，人長得漂亮就是占便宜啊，連這樣憋屈的樣子都特別好看。

「你想喝這杯徒弟茶，不是得先幫我查出真相嗎？」蘇星南總算找到個方向切回正題了，「蘭一道長說，你搞成這樣是因為發生了意想不到的事情，到底是什麼意外？」

許三清頓時斂了笑，垂下眼睛，看著自己搭在被面上的手。

雖然外觀看不出傷痕，但他清楚記得當時自己的四肢百骸爭相扯動，想要逃離他整個軀幹，這種身體自發的五馬分屍，如此恐怖驚悚，只有一個理由可以解釋。

但是，該怎麼跟蘇星南說呢？

「三清？」蘇星南看他一臉凝重，不禁也擔心起來。

許三清抬起頭來，鼓足勇氣問道：「蘇星南，你是不是很喜歡很喜歡很喜歡楊小姐？」

「什麼？」蘇星南一愣，這跟現在的情況有什麼關聯，「這是什麼意思？」

「就是問你是不是很喜歡楊小姐啊。」許三清繼續問，「是不是喜歡到她做錯什麼事情都能原諒她，只要她過得開心快樂就好？」

「你現在問這個有什麼意義呢，她都……」蘇星南腦中閃過一個不可思議的想法，「你該不會說她還沒死吧？」

「……剛才，真的是招來了她的魂魄，只不過，是個生魂。」許三清咬著牙伸手去拉住蘇星南的袖子，「那你現在，要不要去打亂她平安穩定的生活？」

楊宇離開太華觀便匆匆往城南小樓走去。此時天剛破曉，街上行人冷清，他快步從後門進了屋，便喊了起來：「小妹、小妹！」

「大哥！」卻見一個青年公子聞聲出來，這凌晨時分，他竟是衣冠楚楚，一點都不像剛剛從睡夢中醒來，「你怎麼來了……其實我差點也要去找你了。」

「若書，小妹怎樣了？」

「昨晚未到半夜，雪兒忽然渾身發冷發暈，接著就暈倒了過去，怎麼叫都不醒，我叫了大夫來看，大夫卻說她沒有病。」

宋若書引他到偏廳去坐下：「我請了幾個大夫，他們都說雪兒沒病，但她就是不醒，我本來就要去找你了，但約莫過了半個時辰，她又醒了過來，說自己做了個噩夢，好像被人強押到什麼地方去一樣，後來那壓制她的力量又不見了，她才跑了回來，現在正在睡呢。」

「未到半夜，半個時辰……真是如此……」

那正是蘭一招魂的時候。

楊宇從來都不信蘭一真有什麼呼神喚鬼的法術，當初他讓蘭一招什麼掌櫃的魂魄，也只是聯合他人做的一場戲，叫官府的人收聲而已。可不曾想，蘭一竟真有這般通天本領。

楊宇想到自己平日欺負他的惡行，又想到他已經和自己翻臉，脊背陣陣發涼。這跟得罪了閻王爺有什麼區別？

可是，蘭一既然如此厲害，又為何一直甘受他玷辱，直到現在差點害死了人，才與他翻臉呢？

楊宇隱約感覺到答案，但眼下情勢緊迫，他無暇思考自己的事情了：「你跟小妹馬上收拾東西到渡頭去，我先行一步為你們找船，你們要馬上離開。」

「馬上離開？」宋若書詫異，「為什麼？」

「蘇星南知道小妹還沒死，我想他很快就要找上門了。」楊宇一口氣把自己身上值錢的東西全都扒了下來，扳指玉佩手鍊鐲子項鍊西洋懷表堆了一堆，又掏出一疊銀票來往宋若書跟前一拍，「我身上只有這些，你們先找地方下榻，我再想辦法。」

「大哥，你、你跟我們一起走吧。」宋若書眼眶一紅，撲通一聲跪下了，「雪兒詐死抗婚是欺君大罪，要殺頭的，你跟我們一起逃吧！」

「呸，我逃了楊家的家業怎麼辦，綢緞莊怎麼辦，一班跟我混的人怎麼辦！」楊宇扶起宋若書，用力地拍了兩下他的臉，「所以說百無一用是書生。我每年納貢多少你知道嗎？我有多少關係你知道嗎？現在你們只管逃，找不到人就沒證據。就是找到了你們，我也能推說不知情，跟你們一起逃，我才是真的死路一條！」

宋若書這書呆子自然分辨不出楊宇這番話是虛張聲勢，只當大舅子真的能隻手遮天，頓時連連稱是：「大哥說得對，我這就去叫雪兒。」

「出門時注意喬裝……雪兒三年沒出過門了，你多照顧她一些。」

楊宇暗嘆口氣，到底自己小妹是看上這書呆子什麼呢，值得她違抗皇命，詐死逃婚，三年不出家門，甘心從這個世界上消失，讓自己的天地只剩下這一個書呆子？

楊宇恍惚間記起，他第一次見蘭一的時候是元旦祭祀，那時鐘鳴鼓鼎，檀香繚繞，人頭洶湧，擠得他手上的綠翡翠戒指都掉地上去了。

他俯身去撿，身邊有人為他擋著蜂擁參拜的善信，留下一方小小的空白的天地。

他抬頭望去，天地間，便只有蘭一一人。

大概，就是這種原因吧？

楊宇轉身，飛快往渡頭跑。

宋若書急急回房喚醒楊雪，兩人收拾了一些緊要細軟便馬上出門。

踏出門口的剎那，楊雪有點恍惚。三年了，她在這小樓裡已經待了三年了，她還以為自己要在小樓裡終老，卻沒想到有一天她還能出門，還能以「楊雪」的身分逃亡。

「等等，落下了一副玉棋子！」才出了門幾步，宋若書便猛地停住腳步，「娘子妳稍等，我馬上去取。」

「不過一副棋子，算了吧。」楊雪心想趕路要緊，便拉住他。

「不行，那是岳母大人給妳的遺物，一定要拿的。」宋若書拍拍她的手，「放心我很快就回來。」說罷就快步跑回小樓去了。

楊雪看著夫君的背影，甜蜜又慘澹地笑了起來，如果宋若書對她冷淡一些多好，那她當時就可以絕了心思好好嫁給蘇星南，不至於過著藏頭露尾，遮遮掩掩的日子了。

可哪裡有如果呢？這麼個書呆子，在知道自己被皇帝賜婚，還是賜婚給大理寺少卿蘇大人的時候，竟然會跟她提出私奔，把聖賢書都拋了腦後，到底是青梅竹馬十六年的感情，她又如何能死心，如何能嫁給別人？

那夜紅著一雙淚眼，把家財全都帶到楊府來跟楊宇說要帶自己走的書呆子，現在也是一樣呆，而她，也還是願意跟當日一樣說我願意。

——我願意為你躲藏一生，也願意隨你浪跡天涯。

楊雪整理了一下遮著頭面的圍巾，餘光看見了街角一個白影。白衣勝雪，器宇軒昂，風姿卓越，天人之姿。

楊雪知道這頭巾已經沒意義了，她乾脆把它拿下來，款步走到那白衣人跟前作了個大禮：「民婦見過蘇大人。」

「民婦……」蘇星南的語氣聽不出一絲感情，臉上像鋪了一層霜雪，「我從來都沒想過有一天妳會這樣對我說話。」

「……是雪兒對不起你。」楊雪與蘇星南只有數面之緣，只知道他是個俊朗公子，辦案果斷，公正無私，至於那為她這未過門的妻子守了三年喪的事，楊宇並沒有告訴她，以免她難過。現在看他如此神色，不免害怕，「但宋郎待我情深似海，不堪辜負。這一切錯在雪兒，請蘇公子高抬貴手，赦宋郎一死。」

楊雪說著就要下跪，蘇星南一把架著她手臂阻止她這樣做，卻是讓剛剛取了棋子回來的宋若書看見了。這彷彿是惡少強搶民女的情境讓他立刻衝了上來，擋在妻子跟前把蘇星南隔開。

「你幹嘛、你幹嘛！」

蘇星南條件反射便是開打，卻不想對方手無縛雞之力，一下子就被他扭著手腕制在地上，還痛得哇哇大叫，甚為難看。

「宋郎！」

「住手！」

跟楊雪同時衝過來的竟然是許三清。他早猜到蘇星南會來尋楊雪，又見一個楊府家丁說，他剛剛帶了蘇星南到楊雪小姐舊居。便不顧傷痛追了來，一來就看見蘇星南打人，連忙撲過去阻止。

蘇星南見了許三清，到底收斂了些怒火，猛地甩開宋若書，退後兩步皺著眉頭打量他：「有熱鬧湊，你倒是不怕痛了。」

許三清不管他的嘲諷，去扶跪在地上的楊雪：「楊小姐，妳先起來說話。」

楊雪卻是不肯，她拉著蘇星南的衣襬求饒：「蘇公子請你高抬貴手，他、他不知道你身分，他不是有意冒犯的，請你原諒他！」

「他就是妳情郎?」蘇星南臉色更難看了。

「咳咳,你什麼人,光天化日強搶民女!」宋若書人還沒站起來就朝蘇星南叫嚷了起來,「要不是我們趕時間,一定把你告了!」

蘇星南冷笑:「強搶民女?我還沒告你誘拐我妻子,你倒是惡人先告狀了。」

「不是的蘇公子,他沒有誘拐我,是我自願跟他走的。」楊雪害怕宋若書說多錯多,馬上截斷他話頭,一個勁地求情,「一切錯在楊雪身上,是我不守婦道,明明已有婚配還去勾搭其他男人,是我的錯,請你放過宋郎,楊雪任你處置!」

宋若書大驚:「你、你就是蘇星南?!」

蘇星南陰沉著臉不回答,許三清代他說道:「是的,他就是蘇星南,不過……」

「錯不在雪兒,是我任性妄為,要判罪就都判到我頭上吧!」

許三清本想說蘇星南並非來興師問罪,但宋若書已經撲通一聲跪下了,一邊磕頭一邊攬罪，磕得響頭又響又快，一會便已經頭破血流了：「蘇公子請你放過雪兒！」

「宋郎！別這樣，不關你的事！」楊雪看他流血，心疼不已，當下就抱住他的肩膀，阻止他繼續磕頭，「是我明明已經許配別人了，還答應跟你私奔，是我的錯，你不該受我拖累。」

「不是，是我迂腐懦弱，明明自己就不是讀書的材料，還一直堅持考上進士才向妳提親，要不也不會有這個局面。是我不好，是我的錯！」宋若書雙眼泛紅，嗚咽道，「蘇公子，是我不對，是我錯，雪兒本來就是你的妻子，是我痴心妄想，你要責罰就責罰我一個，放過雪兒吧！」

「宋郎……」

「夠了！」蘇星南一腳把宋若書踹了開去，楊雪跟許三清都驚呼了起來，「你們以為我是什麼人！」

「蘇星南，你先冷靜……」許三清伸手去拉蘇星南的衣袖，卻被他一把摔開。

「你們一個都別想逃！」

蘇星南甩下這句話，一個轉身跳上屋背，轉眼便不見了蹤影，留下三個人目瞪口呆，不知道他到底有何打算。

宋若書被蘇星南一腳踹得胸口作痛，嘴角都流出血來了，他在楊雪攙扶下站起來，忙不迭握住她的手道：「他走了，我們趕快逃。」

楊雪臉色蒼白地搖頭：「不必逃了，沒有用。他那樣說，就是打定主意要把我們捉拿回去，想必他是回去通知府衙了，我們就算到了渡頭，逃出杭州，恐怕未到下一個城市就……」

「不會的，他不是那樣的人。」許三清猛地插了一句話，「楊小姐妳怎麼能這樣想他！」

「這位道長，你是？」楊雪本以為他是自己大哥包養的另一個小道長，是來通風報信的，不想他竟站在蘇星南那邊教訓他們。

「我是蘇星南的朋友。」許三清揉了揉痛得直發抖的腰，「楊小姐，如果蘇星南是那樣的人，他怎麼會為妳守了三年喪，每年都來杭州參加妳的祭奠禮，還把妳的死當作懸案一樣，寫進檔案去時時思考呢？」

「蘇公子為我守喪三年？」楊雪很是意外，「我從不曾聽說。」

「他為妳做的事情，不止這麼多。」許三清一件件地說來，說得自己也鼻子發酸，「他剛剛與妳結親以後就歡喜得不得了，在國子監裡到處炫耀，說自己的妻子溫柔賢淑美麗動人；在得知妳去世後，心心念念要知道妳最後的遺言；他是個連左右都分不清的路痴，但他記得妳的墳墓怎麼走；他可能沒跟妳相處多少天，但他記得妳喜歡吃水晶糕，特意到酒樓打包一碟到妳墳前，一個人慢慢把它吃完；他很討厭道術方士，認為那都是騙人的，但他為了能見妳魂魄一面，甘心聽我們這些道人使喚，不顧魂魄沖身的危險去招魂。楊小姐，也許妳覺得他只是一個陌生人，但在他心裡，妳就是他的妻子，即使未有夫妻情分，也願意為妳這個陌生人做很多、很多！」

許三清一口氣說過來，幾乎喘不過氣，他扶著胸口順氣，四周頓時一片安靜。

然後，楊雪斷斷續續的哭泣聲，便是唯一的聲音了：「他、他怎麼會為我這樣做……我何德何能……」

「因為，」許三清站直了，昂首挺胸驕傲地說道，「他是我的好徒弟！」

說罷，他就轉過身去追他好徒弟了。

——反正每次都是我追著你跑，也不差這一次。

許三清這麼想著，狠狠擦了一把落到腮邊的眼淚。

第十二章

蘇星南看著墓碑上的名字出神，良久，他撿了地上一根枯枝，斜斜折斷了，往那大理石墓碑上刺過去。

那枯枝竟如神兵利器，鋒利無比，「鏘」一聲便刺入了半分，蘇星南太陽穴突突直跳，也不知道灌注了多少內力在那枯枝上，他只一下一下地用那枯枝剔著墓碑，慢慢把墓碑上的名字給剔走。

他只顧把內力凝聚在枯枝上，自己的手掌倒是已經被木刺磨得鮮血淋漓。

但他根本不在意，就那麼一直剔一直剔，直到墓碑上成了一片坑坑洞洞的空白，才重新坐了回去，看著那空白的墓碑失神。

身後有腳步聲，顫顫巍巍搖搖擺擺，卻很急切地朝他跑過來。蘇星南沒有回頭，也毫不戒備，任來人走到自己身後，能夠一劍刺入他後心的位置。

但來人只是蹲下來，扯了扯他的衣袖：「蘇星南，你、你沒事吧？」

蘇星南木然回答：「沒事。」

「騙人，你怎麼會沒事。」許三清爬到他跟前，明明想要說些安慰他的話，但目光觸及蘇星南的面容時，那些話便都被噎了回去。

蘇星南眼睛裡什麼情緒都沒有，一片難解的空洞，沒有憤怒，也沒有難過，硬要說像什麼，那就是看見一局曠古爍今的棋盤殘局，千頭萬緒卻不知道從何著手的惘然。

「你很好，是她錯，不關你的事。」許三清只能無力地複述了一次事實。

「我從小過目不忘，十歲能背四書五經，十二歲通識儒墨法兵四家經典，十五歲國子監志學，十八歲致仕，我覺得天下任何事，只要我願意學，就能學得到。」蘇星南垂下眼睫，看著撕裂的虎口道：「但原來我只是一臺織布機。」

「嗯？」許三清愣了一下才反應過來，他說的「織布機」是他當初形容失去情感的賀子舟比喻。

「我以為賀子舟是我的摯友知己，卻忽視了他長久以來的真心，讓他心灰意冷，放棄了仕途；我以為楊雪小姐是我的一生所愛，卻不知道只是我一廂情願，而且還因為我的一廂情願，把她逼迫到隱姓埋名，隔絕人世這麼淒慘的地步。」蘇星南深深地嘆了口氣，「我從來都只是以為自己對別人很好，卻從來不知道他們到底想要的是什麼。就像一臺拚命織出綾羅綢緞的織布機，卻不知道要用布的人是個農民，要那綾羅綢緞幹什麼呢？徒覺礙眼罷了。」

——徒覺礙眼罷了。

許三清猛地抱住他手臂，大聲嚷嚷道：「才不礙眼，你一點都不礙眼！你那麼好看，怎麼會礙眼呢！」

蘇星南苦笑：「你沒聽懂我的話，算了。」

「不能算了。除非你跟我念一次，我不礙眼，我一點都不礙眼。」許三清不依，用力搖晃著蘇星南的手臂，他渾身都痛，心裡更痛，「我是聽不懂你幾歲做過什麼，但我就是知道你很好，你不是什麼織布機，是他們沒告訴你，你要織什麼布而已。」

「他們沒告訴我？」像在一片漆黑的曠野裡忽然亮起了一盞燈，蘇星南睫毛動了動。

「是啊，賀子舟喜歡你，可他沒告訴你；楊雪不喜歡你，可是她也沒有告訴你。你卻都用自己能使得上的方法去對他們好了，那跟你有什麼關係。你又不懂讀心術，你又不是他們肚子裡的蟲，方式錯了哪裡能怪你！」許三清越說越快，說得自己都喘不過氣了，臉上一片病態的紅，「我就不一樣，我會明明白白告訴你，我跟著你，我對你好，就是想你當我徒弟。如果他們也像我一樣坦白，賀子舟告訴你，他想當你的情人而不是朋友，楊雪告訴你，她想當你的朋友而不是妻子，那怎麼還會有那麼多誤會！是他們不好，跟你沒有關係！」

蘇星南愣了一下，許三清說的話沒錯，但卻幼稚得很，「你不說我怎麼知道？」，分明是小孩子吵架時的藉口。人與人相處，顯得彼此對對方更加珍貴的，不就在於那「你不說我也知道」的默契嗎？若是什麼都宣之於口，才能得到，那此一人與彼一人，又有什麼區別？

但這話從許三清口中說出，偏偏叫人無法反駁。他希望自己做他的徒弟，他說出口了，難道他就會如他所願答應嗎？

即使開口要求了，也未必能得到，那連一個要求都不提，就能從別人處得到想要的，未免太占便宜了。

所以，真的跟我沒有關係嗎？全是沒有把話說清楚，只下留一個受害者一樣的背影就離開的人的錯？

蘇星南有點恍惚，他轉過頭去看著許三清：「真的不是我的錯？」

許三清猛點頭：「嗯嗯嗯，就算你有錯，也只是小錯，大錯都在他們身上！」

「哈。」蘇星南笑了，把自己的手臂從他懷裡掙脫出來，「你也只是護短而已。」

許三清理直氣壯地挺直腰桿：「你是我寶貝徒弟，我不護著你，護誰！」無需理由，就是護著你。蘇星南心頭一顫，長手一伸就把許三清攬了過來。

「哎喲！」許三清渾身骨頭都在痛，蘇星南這一抱，痛楚如雷擊一樣在四肢炸開，痛得他額角直冒冷汗，「好痛，放開我！」

蘇星南連忙鬆手：「對不起，我不是故意的……你身上還很痛嗎？」

「當然痛啊，被千軍萬馬碾過一樣痛呢！」

「那你還跑出來？」蘇星南皺眉，「你也覺得我是卑鄙小人，存心去為難他們嗎？」

許三清搖頭，從布包裡翻出條布巾，捉過蘇星南的手給他包紮：「我是擔心你會受不了，才跑來找你的。」

「……男子漢大丈夫，哪有那麼容易受不了的。」蘇星南輕嘆口氣，任他幫自己包紮了。

「你要是受得了，怎麼會把自己搞成這樣？你不是武功高強嗎？一根枯枝也能把你傷成這樣？」

許三清仔細地給蘇星南包紮著，蘇星南低頭看著他那纖巧的手指在自己手掌間游移，白色的布巾繞過虎口，布料摩擦到傷口時刺刺地痛，卻又在指尖拂過時，生起些麻麻地癢，兩種感覺微妙地糾纏在一起，像露出一點兒爪子的貓腳掌，不緊不慢地在心尖上撓，介乎無意與刻意之間。

「我只是受不了事情不明不白。」蘇星南抽回手去，自己把布巾綁緊，「楊雪小姐詐死逃婚，那起碼該讓我知道，她是為了誰而這樣做。」

「說起逃婚，楊大哥既然願意幫助楊雪小姐，證明這婚事並非家長強迫，她要逃什麼呢？」

「我跟楊小姐的婚事，是皇上所賜。」蘇星南只說了一句，至於皇帝之所以賜婚，是為了把富甲半天的楊家籠絡為姻親，把絲綢大戶的生意收作官家這根本意圖，他就略過了，說了許三清也不懂，而且他也不想吐露過多關於自己身世的消息。

「所以楊小姐無法反抗，否則就是欺君大罪！」許三清忽然同情起來，「唉，那也不是楊小姐的錯了，是那亂點鴛鴦譜的皇帝的錯！」

「你這話可別讓別人聽到了。」蘇星南彈一下他額頭，「起來，我帶你回太華觀找蘭道長。」

「不忙著回去，我就是痛，死不了。」許三清爬起來，拉住他的袖子道，「你應該回去跟楊小姐好好講清楚，她以為你要到官府去告發她呢。」

蘇星南苦笑：「她要誤會就讓她誤會下去好了。」

「你們怎麼都這樣！」許三清氣得怒罵，「她不喜歡你不跟你說，讓你誤會了為她守喪三年，是她的錯，但你喜歡她，無意加害她，卻也不跟她講，讓人家誤會你，然後你自己苦笑一下，轉個身，衣袂飄飄地走了，都以為自己很帥是不是！蘇星南你現在就給我去找楊小姐講清楚，然後這件案子就算完結。然後你就乖乖地拜我為師，知不知道！」

總覺得這段話收尾收得不對啊。蘇星南無奈地搖搖頭，像拎耗子一樣把許三清拎起來橫抱著，展開輕功就往太華觀跑：「就是要談，也得先把你這小尾巴甩掉。」

「哎呀！」許三清一驚，呼呼風聲從耳邊嘯然而過，嚇得他連忙揪住蘇星南的衣服緊閉眼睛。

一陣淡淡的藥香從蘇星南身上傳來，很好聞。

咦？他受傷了嗎？許三清皺眉，把臉埋到他胸前細嗅。

哦，原來只是藥草茶啊。

安心下來的許三清，就這麼窩在蘇星南臂彎裡，合上眼睛睡著了。

一水相隔的蘇州，夜裡十分寧靜，而蘇州府衙的內堂也很安靜。

但在內堂等候的楊雪卻是一點都安靜不下來。她兩眼通紅，腫得像兩顆桃子，眼淚卻仍如斷線珠子，不停地滑下臉頰來。

她與宋若書在許三清離去後便趕去渡頭，坐上了楊宇張羅的船隻往蘇州逃去，只是上岸了不到半天，便被府衙請了去，說是蘇大人有要事請教娘子。

請教，有什麼好請教的，定是蘇星南懷恨在心，要懲辦她了。

楊雪嘆氣，若是不知道蘇星南為自己做了那麼多事情，她仍會以為蘇星南只是憋著一股悶氣，總可以求一下情。但如今知道了，她便覺得求情是多餘了。是她把他棄若敝履，那現在任他如何報復，都是理所當然的，付出得愈多，在遭受辜負的時候，恨意也會越大吧？

楊雪已經不求蘇星南能放過宋若書了，但求他能留他們全屍，求得合葬，也好做一對同命鴛鴦。

楊雪兀自在內堂裡哀戚，猛地背後響起了一聲「楊姑娘」，嚇得她趕忙回身，都沒看清楚來人就要跪拜：「民婦叩見蘇大人。」

蘇星南伸到一半的手就這樣收了回去：「起來吧。」

「民婦……」

「行了，我知道妳已經視宋若書為夫君，但妳這樣講話，我聽著很累，就省了吧。」蘇星南指了指楊雪本來坐的椅子，然後在那對面坐下，「我只是想，好好地跟妳說一次話。」

不過半日時間，蘇星南竟變得如此淡然，倒是叫楊雪燃起了幾分希望。她依言坐了，眨了幾下眼睛，想開口，卻只是張了張嘴，沒說出什麼話來。

「怎麼，不請我饒過宋若書了嗎？」蘇星南替她說出來了，「也是，待會他會反過來求我饒過妳，自相矛盾就不好了。」

「蘇公子，你好像有話要跟我說？」楊雪先前失態是事情發生得太倉促，現在經過半天時間冷靜，反而能察覺到蘇星南的話語裡反映的態度，「你想知道什麼，我都會回答的，我不該再隱瞞你了。」

一句「不再隱瞞」讓蘇星南暗裡嘆了口氣，但他臉面上還是一副冷淡的樣子：「妳跟宋若書是自小相識？」

「嗯，青梅竹馬。」

「幾時相好的？」

這話問得唐突，但畢竟是自己逃婚在先，楊雪也就忍下性子回答了：「在皇上賜婚之前，我跟若書都是發乎情止乎禮，絕無任何逾矩之事。」

「那妳又跟他私奔？」問到這一句，蘇星南也終於冒出了些火氣，「黃花閨女也做出這種事，真是比勾欄院裡的姑娘還寡廉鮮恥！」

楊雪到底是大戶人家嬌慣大的，平時外人對她客氣她也和氣，但蘇星南這樣惡言相向，她也就不再客氣了，眼眉一挑，冷冷地反擊過去：「蘇公子，若書雖然平庸，但他敬我愛我，覺得自己沒有取得功名，配不上我，於是他發奮讀書，年年考試，有人真心待我，我不僅能和他私奔，就是為他死，也心甘情願。」

蘇星南瞇了瞇眼睛，看著楊雪不說話，楊雪心裡緊張，心想自己可能激怒他了，但反正她都做好必死的準備了，也無二話，同樣冷然地與他對視。

一絲融雪化冰的笑從嘴角開始蔓延，蘇星南的表情慢慢融成一灘春水暖意：「楊姑娘，這樣說話自然多了，我也喜歡這樣的妳多一些。」

楊雪一愣，轉瞬便明白了：「蘇公子，你……」

「妳跟宋若書的事情，我已經從楊宇那裡問清楚了，只是，我還是不甘心。」蘇星南長出一口氣，「我不甘心到最後妳都不願意向我展露真性情，所以才會惡語相向，請妳見諒。」

楊雪搖頭：「蘇公子，你何必為我如此掛懷？我只是……」

「妳只是某天忽然聽說皇帝要把妳賜婚給一個陌生人，然後在見那個陌生人的時候，展現出一個大家閨秀該有的涵養而已。」蘇星南還是笑，只是那笑多少帶了點無奈，他從袖子裡拿出一對玉鐲子，放在桌子上，「是我自作多情，少不更事，見一個美貌女郎對我溫言軟語，便以為自己真的有那麼英俊瀟灑，能讓一個女子對我一見傾心。」

「蘇公子，你這話，又該讓楊雪內疚了。」

「怎麼，我為了妳守了三年喪，妳為我內疚一下也不行？」

言畢，兩人都忍不住笑了起來，蘇星南左手拿起一個玉鐲子，向楊雪攤開了右手。

手掌上的傷已經包紮好了，心裡的傷，也該包紮一下了。

楊雪垂下頭，把手放到他手心裡。

「這鐲子，送給你們了。」蘇星南把鐲子套上楊雪的手腕，又把另一個鐲子塞進她手裡，「我可沒大方到為他戴上去。」

楊雪轉了轉那玉鐲，只見玉鐲上刻著一個「雪」字，而另一隻玉鐲上沒有刻字，只有一塊被磨削過的痕跡：「謝謝你，蘇大哥。」

「我可不想多一個妹妹，妳還是叫我蘇大人比較好。」蘇星南說罷便起身要走。

「蘇大人！」楊雪叫住他，「請恕我多事，那位小道長，是什麼人？」

「嗯？」蘇星南有點意外，「為何這樣問？」

「我記得蘇大人是很痛恨道士的，大哥也曾經說過，你對陰陽道術一類深惡痛絕。」楊雪道，「可是那位道長卻為你說了很多好話，現在蘇大人又願意放下心結，我想一定也是這位小道長的勸解之功，就忍不住好奇了。」

「他能為我說什麼好話？」蘇星南搖頭輕笑，想也知道許三清必是把自己那些傻勁都告訴她了，真是丟臉啊，「沒什麼，他只是護短。」

「護短？」

「嗯。」蘇星南轉過頭去，看著窗外漫天星光，不覺又笑了起來，「他是我師父。」

第十三章

溫暖的真氣遊走而過，車裂般的痛終於得到了紓解，許三清舒服地哼哼幾聲，慢慢從熟睡中醒來。

蘭一見他醒來，便撤了手：「忍著刀割針刺的痛也能到處跑，三清小道友我真是小看你了。」

「啊，蘭一道長！」許三清連忙起身坐好，「哎，招魂那事，你沒事吧？」

「你都沒事，我又能有什麼事？」蘭一笑了笑，給他端來煎好的藥，「喝下這個，固神定心的。」

許三清接過藥：「蘭一你本領比我厲害，當然沒事了，我是問你跟楊大哥……」

「蘇公子送你來時，已經跟我說明白了。」蘭一神情未有變化，「雖然他欺騙了我，不過也是迫於無奈，存心為善，我並非那麼小氣的人。」

「哦，那就好，我還擔心你們會吵架呢。」許三清想得簡單，聽蘭一說他們沒事就真的放心了，捧起碗來咕咚地把藥喝乾淨。

叩門聲響起，蘭一應了聲「請進」，來人推門，正是蘇星南。只見他神采煥發，全無一絲頹唐，連那身白都混了幾圈金紅色的繡腳，雖不至春風滿面，也是喜氣洋洋。

許三清奇怪地歪著頭看他，看日光，此時不過剛過正午，也就是幾個時辰的事情，怎麼他不光換了套衣服，連精氣神都換了呢？

「蘭道長，三清。」

蘇星南走到榻前，跟兩人問了好就站著了，許三清終於忍不住問道：「你不是要跟楊小姐說清楚的嗎？快去啊，還杵著幹嘛？」

蘇星南詫異地看他一眼，蘭一解釋道：「三清，你可不是睡了幾個時辰，你足足睡了三天三夜，蘇公子早已經解決了塵緣，還照顧了你一天，今天早上才被我勸服去休息的。」

「咦？解決塵緣？」這說法讓許三清困惑了。

蘇星南咳咳兩聲，臉上飛起一絲淡紅：「蘭道長，我只是一時搞混了全真教跟正一教的區別，不必到現在還打趣我吧？」

「哈哈，是貧道貧嘴了。」蘭一甚少自稱「貧道」，此時開起玩笑倒是樂意如此自稱了，「不過，三清，蘇公子是真的照顧了你一整天，這就不是我杜撰的了。」

許三清點頭：「這沒什麼，要是他生病了我也會照顧他的。」又轉過去問蘇星南，「那你跟她說清楚了？」

「總之，可以把那份卷宗燒了。」蘇星南笑笑，「我沒有為難他們，但也不會再為難自己。」

「嗯嗯，你寬心了就好。」許三清也笑了，蘭一一直都是微笑，三人都不說話了，許三清便又收起笑臉奇怪地看他們，「你們怎麼忽然都不說話？」

誰知道許三清一問，蘇星南的臉立刻就像打翻了大染缸，青紅白紫地變化起來，最後成了一道十分尷尬又異常認命的深紅色。

蘭一還是笑，掀了許三清的被子，讓他把腳垂下床，正坐在床邊：「你好好坐著，是該有人要說話的。」

許三清坐好，瞪著眼睛問蘇星南：「你要跟我說什麼話？」

蘇星南忽然靦腆了起來，扭扭捏捏地站到許三清跟前，拂了拂衣襬，跪了下去：「願賭服輸，你為我解決了楊雪小姐的案件……我、我拜你為師。」

「什麼?!」許三清大驚，隨即便是大喜，一下子跳了起來，光著腳跳下床去捉住蘇星南的肩膀搖晃，「你不是騙我的吧?!不是逗著我玩吧?!不是安慰我吧?!」

「沒有，就是，就是要拜你為師……我還特意讓蘭道長作證呢，怎麼會是騙你、逗你玩？」被許三清搖得兩眼發花，蘇星南一把摁住對方的手臂，把他按回床上坐好，「那什麼……拜師入門有沒有什麼誓詞要說的？沒有的話，我拜一拜就起來了。」

「咦?這個、這個我也不知道，你等我一下。」許三清拜許清衡為師的時候餓得兩眼昏花，哪還記得細節?他馬上便要去撥動床尾那個髒兮兮的布包，想查查看有沒有這個規矩。

結果一查，還真有。正一教前身為五斗米教，入教弟子需要先捐獻五斗米給道觀，後來發展成一項入教禮儀。可眼下哪裡來的五斗米？

蘇星南假裝皺眉發愁道：「唉，看來你我並無師徒緣分了。」

許三清用力搖頭：「不怕不怕，我馬上去買！」說罷就要往門外跑。

蘭一笑著阻止他了：「蘇公子還會欠你的不成？他是逗你玩的。」

「什麼！逗我的？」許三清一個激靈，揪住蘇星南衣領搖，「你說拜師是逗我的?!」

「哎哎，不是不是！」蘇星南看他一副神智錯亂顛三倒四的樣子，心想要是再逗他可能他真的會發瘋，便趕緊掙脫開來，端端正正地磕了一個響頭，「許三清大人在上，弟子蘇星南希望跟從你學習，拜你為師，未知道長是否答應？」說罷，便接過蘭一端來的茶，恭恭敬敬遞到許三清跟前。

「答應，我答應！」許三清生怕他反悔，連忙抓過杯子咕嚕喝光，「頭你磕了，茶我喝了，絕對不可以反悔啊！」

「行行行，以後都是你的人了。」蘇星南忍俊不禁，扶他躺好，「你再休息一會，別亂動。」

蘭一瞇了瞇眼睛，嘴角掠過一絲玩味的笑。

「我不累！」許三清巴不得現在就馬上揪著蘇星南特訓，哎哎哎，從哪裡開始教起好呢，是先教典籍經文，還是身法口訣？

「不累你也要躺著。」蘇星南微微蹙眉，硬是把他按回去睡好，「我外出巡訪已久，是時候回京複命了，明天就要啟程，一路車馬舟船不停歇的，你得好好恢復身體，才能跟我上京。」

「哦哦，原來如此！」哎呀，差點忘了他的徒弟是京城大官，許三清馬上點頭，聽話地躺好，眨著一雙黑溜溜的圓眼睛問，「可是我真的不睏。」

蘇星南無語了。

「要不你給我念書。」許三清指指床尾的布包，「反正你以後也要學習的，現在念給我聽，我當作複習，你就是學習。」

「好吧。」蘇星南讓步了，摸過布包，翻了一本書出來，坐在床邊念給許三清聽。

既是別人門派中的典籍，蘭一就避嫌先離開了，他出了房間，沒走幾步，就有小道士跟他回報，說楊宇公子在大殿求見。

蘭一抿了抿唇，拂了拂衣袖：「說我不見。」

小道童似乎很驚訝楊宇竟然會被蘭一拒在門外，瞪大眼睛看著蘭一，蘭一忽然低頭看著小道童問：「心禾，如果有一天你再也吃不上飽飯了，還會繼續修道嗎？」

名喚心禾的小道童也就十一二歲的年紀，剛剛拜入太華觀半年多，他很正經地回答道：「修道就是為了磨練心性，挨餓也是修行一種，怎會因為這種小事而放棄了修行呢？」

蘭一搖頭，吃飯可不是小事，是作為人的頭一等大事：「別騙我，說真心話。」

心禾被到師尊看穿了，臉上一紅，小聲回答道：「那我就一邊修道，一邊自己種些米糧……教義裡又沒有不許種田……」

蘭一微微笑了：「很好，順從欲望，是順從天道的第一步。」

心禾正鬆下一口氣，以為自己總算過關了，不想蘭一複又沉下了臉色低聲沉吟：「但我們修道，難道不是為了把擋在自己道上的這些欲望渴求給跨過去嗎？」

「師尊說的是，弟子……」

「你不必急著回答我。」蘭一摸摸心禾的頭，爾後便轉身離開了。

心禾恍惚間好像聽見了蘭一的喃喃自語「連為師也沒有找到答案」，咦？連師父都沒有答案？

心禾搖搖頭，不可能，半年前蘭一從黑水瀑的妖怪爪下救下自己，那偉岸清聖的模樣他畢生難忘，即使在這半年裡聽到一些風言風語，但在他心裡，蘭一一直都是天神一樣的人物，即使真做出什麼風月之事，也只是雙修之類的道法，絲毫不損蘭一的形象。

看，現在師尊不就給閉門羹給楊宇了，要真是那種逢迎金主的關係，師尊哪裡敢這樣對楊宇嘛！

心禾如此堅信著，就跑回去告訴楊宇師尊不見客了。

而被心禾奉若神明的蘭一，其實心緒並沒有那麼平和。他回到靜室，在床榻上盤腿打坐，想運功吐納，但氣息總也不能平穩，每每在將要入定之時，便會有那麼絲絲縷縷的牽念扯著他，扯得他心裡發疼。

終於，他還是散了姿勢，雙手撐在床榻邊緣，垂著頭逼自己思考，逼自己思考出一個兩全其美，不傷害任何人的方法。

對於楊宇，他不屑過，感動過，震怒過，沉溺過，動搖過，甚至曾經隱隱約約地心動過，但這些紛繁複雜的情感在朝廷一道打壓命令下，便被攪成了一道黑乎乎的漩渦，把他捲了進去，幾乎捲得粉身碎骨。

在朝廷的重兵拆了太華觀的十方叢林後，蘭一爬上了楊宇的床，只求他保護現有的太華觀。

楊宇沒有什麼俠義心腸，當真就要了他，然後竟能買通了地方官府，不僅讓士兵不再拆卸太華觀，甚至把破壞過的十方叢林給修葺了一番，這番高姿態的維護，讓杭州本地的道教得到了一定程度的保護，起碼不像許三清所處的玉羅，連頓飽飯都吃不上。

蘭一一邊感謝他，一邊卻也忍不住惱恨，到最後自己也不知道該怎麼面對了，就無論楊宇怎麼對待他，他都是板著一張臉，看不出任何情緒波瀾。

直到許三清出現，逼得他對楊宇動怒了，那壓抑多年的愛恨便再也無法按下去，山火一般把他燒了個精光。

蘭一這樣一坐就坐了一個時辰，待他回過神來，暮日餘暉已全然消失，月亮卻未及升起，天地間一片黑暗。

靜室裡，也是這般深不見底的黑，蘭一長長地嘆了口氣，走到門口，拉開門，輕聲說：「進來吧。」

「嗯？我特意換了一套粗布麻衣，珠寶也都卸下了，你還是認得我？」蹲在房門外的楊宇一身普通書生打扮，比平日那花孔雀似的模樣順眼多了，但蘭一是看不習慣，倒覺得他穿金戴銀更好看些。

「人還是那個人，身外物又有何緊要？」

蘭一伸手去拉他起來，力度很大，硬是把楊宇拖到往床榻上，楊宇愣怔著不知如何反應，蘭一便把他一把推倒，解了外袍，覆上身來吻住了他。

楊宇全是靠著慣性去接了這個吻的，他心裡充滿一個個巨大而恐慌的問號，蘭一罵他打他，或者嘲諷他為難他，都是理所當然的，是楊宇熟悉的蘭一所會做的事情。

而現在這般示好的蘭一，顯然就不在楊宇理解範圍裡了。

「蘭一！」楊宇捉住蘭一的肩膀，把他推開，「你幹什麼?!」

「你不想做嗎？」蘭一跨坐在楊宇身上，腰帶解散，從中間露出一道玉色的肌膚，直至胯下黑色的陰影，半垂著抵在楊宇腰腹上。蘭一對於怎麼給楊宇點火還是很有把握的。

「我、我覺得現在應該先把話講清……楚……呼嗯……」楊宇勉力吞了下口水，蘭一身體一沉，隱藏在陰影裡的物件便蹭到了他相同的部位，楊宇忍不住仰頭呻吟了一下，蘭一又趴了上去，吻著他的喉結。

於是事情便往熟悉又陌生的方向滑去了，衣物窸窸窣窣地拉扯開，卻沒有完全褪下，蘭一身上只剩一件披散的白色裡衣，雙手抵在他腰上，臀肉夾著楊宇的男根用力摩擦。

粗糙的布料跟滑膩的肌膚造成反差，摩挲在楊宇心頭上，泛起了別樣的刺激，他撐起腰來，從蘭一臀間退出，繞著穴口畫了幾個圈，便抵在入口處，躍躍欲進。

蘭一臉上一片爛漫的紅，他勾過楊宇的脖子，唇貼在他耳根處用力一吮。

楊宇用力頂了進去，捶釘子一樣往蘭一的敏感處撞去。

「嗯唔！」蘭一雙臂一緊，攬住了楊宇的頭顫抖起來，股道裡纏綿收縮著，嘴巴也竭力呼吸著，活像一條拚盡殘力求生的擱淺的魚。

「楊宇，我要成仙去了。」

楊宇咬著牙，抱緊蘭一的腰頂弄，額上冒出豆大的汗滴。

「楊雪能死，但你不能死，賜婚就要到你頭上了。」

汗滴滑下，落到眼角處，楊宇一邊抽插一邊揉著蘭一的臀，恨不得把他揉進自己身體裡，撬也撬不開來。

「多謝你保存太華觀這麼多年，但它困著我，也困著你。」蘭一急促喘著氣，捧起楊宇的臉，朝他嘴唇咬了下去，「就讓它隨緣隨法吧。」

一滴水從眼角滑下，流進嘴裡，鹹鹹的。楊宇一把扣住蘭一大腿，情液如怒潮般噴射在他身體裡。

——我想我當初其實是愛你的。

這一句，蘭一到底沒有說，他只是勾著楊宇不放，在唇舌勾纏中全無顧忌地釋放了全部的情愛。

是的，全部的情愛。太上忘情，修仙證道的路，本來就該拋卻一切情欲愛念，他曾經為了保存太華觀而讓自己深陷情海欲天，他不後悔，但也已經不能繼續了。

大道之行，順天應命，如果有蘭一，有許三清這樣為道教的保存而前赴後繼的弟子，道教仍是要從這神州大地上消失，那這便是它該受的命，不必為此哀傷。

激烈的幾番情事過後，楊宇抱著蘭一，一宿沉默。蘭一任他抱著，也是沉默。

天色便在兩人無聲的相擁中慢慢明亮起來。

蘭一不知道自己是什麼時候睡過去的，再醒來的時候，靜室裡已經空無一人。

再深沉的夜，也會走到盡頭。蘭一起身，穿好衣服，梳好髮髻，磨了香墨，鋪開宣紙寫了一封寸札，然後拿上他從師尊手上接過的桃木劍，一把拂塵，推門離去。

屋外朗朗白日，天色正好。

蘭一留下要雲遊修仙的信便離開了太華觀，一日之間不知行了幾百里路，再也尋不見了，太華觀裡騷動了好幾天，後來終於接受了這個現實，繼續自己的修行。

他們最擔心的問題，楊宇也已經默默地在供奉本上寫了自己的名字，給了他們一個心照不宣的答案。

楊宇還是嬉皮笑臉的樣子，還是每天都打扮得珠光寶氣地在溫柔鄉、勾欄院裡招搖，在送別了蘇星南和許三清上京以後，也朝金陵去照顧生意了。

沒有了蘭一，大家的生活還是那樣，好像一點變化也沒有。

只有許三清悶悶不樂。他托著臉頰嘆氣，眼前的瘦肉瑤柱羹一點也沒動過。

蘇星南一邊叫小二上一碟酸棗糕，一邊開解他：「蘭一這樣放下執念，成仙去了不是挺好的嗎？他修的是全真道，就是以成仙為目標的啊，你有什麼好遺憾的呢？」

「我就不能相逢恨晚嗎？」

許三清不知道自己一直修的正一道是講究入世治國的，因此極其看重與人交往，教義裡也多是情義禮數，與蘭一修的忘情忘愛的全真道是完全相反的，所以他也說不上自己為什麼覺得難過，他只是覺得蘭一這樣的選擇，一定充滿了無可奈何的難過。

蘇星南這些天讀了不少道教典籍，但他也沒有用教義這種硬邦邦的東西去勸說許三清。他更加無法跟許三清說明，楊宇從成全楊雪跟宋若書私奔的那一刻起，就已經預料到了自己將會落進了賜婚的桎梏裡。

楊家的生意到底是要歸官家的。楊宇這三年間可一個勁兒地藉著喪事的名義糟蹋自己的名聲，也只是為了讓皇帝別把太高級的皇家女子許配給他。而今三年喪期將過，要不是御封個宮女為公主，要不是找個沒實權的親王家的郡主，楊宇總是要成為皇家女婿的。蘭一決定要走，楊宇放手讓蘭一離開，反而是最好的結局。

蘇星南心中感嘆千萬，卻也只能摸著許三清的頭髮溫言道：「所謂道不同不相為謀，他又不是我們正一教的，你就別想他了，以後你要討論，就找我討論嘛，師父。」

這句「師父」叫得許三清渾身骨頭都輕了幾兩，他頓時來精神了，直起腰骨來，含笑點頭：「徒兒說得對，我也不該太過沉湎過去，應該要展望將來！」

蘇星南連忙附和，乘機把一塊酸棗糕塞他嘴巴裡：「師父說得對，那要怎麼展望將來呢？」

「展望……將來……就要……嗯嗯……」許三清吧唧吧唧地啃完了一塊酸棗糕，擦了一把嘴，得意洋洋地說，「就要努力地把你磨練成才！」

蘇星南聞言，深刻地體會了一把什麼叫「自掘墳墓」。

第十四章

許三清隨蘇星南回京覆命，但他不會騎馬，蘇星南也擔心他這身板吃不消，一路上能雇轎子的時候都盡量不用他走路。教習學問刻不容緩，許三清一路上且走且練，但又說這是本門祕學，不容外人觀瞻，所以白天趕路時只教蘇星南看書，晚上再和他尋個僻靜處教習心法口訣，手印符籙。

「徒兒，今天讀這本抱朴子。」

「昨天就背了。」

「那這本陰經符疏……」

「也背了。」

「……青玄寶懺呢？這本我都沒給過你看！」

「我趁你午睡的時候無聊翻到了。」

許三清摔書。

在蘇星南把他手上有的十多部典籍都背過了以後，許三清開始教他如何敕請神靈，驅動符法。

有一天蘇星南無意中聽到兩名轎夫在茶寮凳子上抽水煙聊天。

轎夫甲：「俺們兩東家怎麼大半夜老不睡覺，烏燈黑火地哼哼哈哈一陣，又一身大汗地回來呢？」

轎夫乙：「儂介就不懂啦，老王家隔壁那寡婦不也喜歡半夜出去田地裡哼哈嘛！」

蘇星南默默地走開了，當晚他就不願意跟許三清念口訣了。

「師父，為什麼借神力的時候非要那麼大聲嚷嚷啊？不是心誠則靈嗎？」蘇星南抗議。

「你以為是拜神還是拜觀音？那是讓人家神明借力量給你，你多喊兩聲會死嗎？」許三清一道黃符拍在蘇星南額頭上：「都三天了你連個定身咒都沒學會，為師很失望，十分失望！」

「……我這就去練。」蘇星南灰溜溜地拿了黃符到一邊去哼哼哈哈了。

許三清才不告訴他自己當初練了一個月才定住了一隻兔子呢。

蘇星南以為自己入門太晚先天不足，練習的時候更加用心，可奇怪的是，他明明很快就把大部分的典籍跟口訣都記住了，卻總是無法驅動符籙，使出術法，連他自己也好生鬱悶。

「師父，你是不是忘了什麼關鍵沒教啊？」蘇星南練到最後，忍不住懷疑起師父的可靠性。

「不可能不可能！」許三清連連搖頭，「這就是集中精神就能驅動的，哪裡有什麼關鍵呢。」

「……」蘇星南盯著那道黃符，俊眉都皺在了一起。

許三清拍拍他肩膀安慰道：「算了，今晚就到這裡吧，先回去休息。」

「好。」蘇星南應了，但回到客棧時，仍然拈著那張黃符細想自己到底哪裡做得不對。

房間裡沒有別的活物，蘇星南心想就算定身符奏效了也就一個時辰，不至於叫許三清笑話，乾脆把黃符貼在自己額上，閉上眼睛，聚精會神地念誦起口訣來。

口訣剛剛念完，蘇星南就覺得身體一顫，以為自己要動不了了，可是睜開眼來卻還是能走能跳的，不覺灰心，正準備來第二遍，忽然眼角飄過一道灰影，蘇星南猛回頭，卻什麼也沒看見。

「難道是老鼠？」蘇星南皺了皺眉，忽然餘光裡又閃過一抹白影。不對！一定有東西！蘇星南拔出藏在錦靴裡的匕首，警惕地環視著房間。定下眼神來看，蘇星南頓時渾身雞皮疙瘩都炸了起來。

那些擾擾攘攘的影子並非影子，而是一團團不知道什麼東西的「氣」！灰的白的黑的紅的，零零散散地在房間裡游移。

萬物皆有氣，但要讓凡人用肉眼都看得見的氣，可得是玉羅山那玉靈的修為才能如此囂張。現在蘇星南房間裡竟然聚集了這麼多肉眼可見的氣，他只覺自己倒了血楣，幸好那些東西並沒有要襲擊他的意思，他小心翼翼地往門邊移動，一摸到門閂就立刻奪門跑出，往許三清房間衝去。

「師父師父！」蘇星南直接把窩在被子裡的許三清挖了起來，「大事不妙，妖孽橫行啊！」

「妖孽？妖孽在哪！」許三清酣睡夢中驚坐起，倏地跳下地來擺了個架勢，「速速受死！」

蘇星南哭笑不得，伸手去撐開了他的眼睛：「你先把眼睛睜開再說。」

「唔？」許三清沉重的眼皮被強迫撐開，才算清醒了過來，「咦？我不是做夢？」

「你做夢會夢見我嗎？」

「會啊！」許三清疑惑地看著他，「怎麼不能夢見你？」

這回答讓蘇星南一時間接不上話，冰山臉也不禁泛起了些紅，只能咳咳兩聲扯過：「師父，我房間裡有很多氣，我竟然能看見，不知道是不是……小心！」

蘇星南猛力把許三清拉了過來，一掌劈向了虛空中。

黑暗中，他的確感覺自己碰到了些東西，但卻與料想的強敵毫不搭調，那東西遭他掌沿一砸就歪歪斜斜地掉地下了。

「小心什麼？」許三清躲在蘇星南身後，捉住他後背的衣服緊張地問道。

「有東西……土黃土黃的，也是氣。」蘇星南此時也搞不清那到底是什麼了，「先點上燈吧。」

「嗯。」許三清點了油燈，兩人朝剛才蘇星南攻擊的位置搜索了一番，但除了地上一隻翅膀被打飛了的蛾子，什麼東西都沒見到。那蛾子並未死去，仍拖著半邊殘軀吃力挪動，蘇星南一眼看到牠，就忍不住驚叫：「啊！就是牠！」

「牠有什麼問題啊？哎呀，就算我們不是和尚，你也不能亂殺生。」許三清還是沒明白蘇星南怎麼對一隻蛾子大呼小叫。

「咦？師父你沒看見嗎？」蘇星南詫異，拿腳尖碰了碰那飛蛾，的確只是一直飛蛾，並非什麼幻術，「牠身上圍繞著一圈土黃色的氣啊，就像你當初給我看你身上有淡藍色的氣圍繞一樣。」

「你看得見牠的氣？」許三清一驚，結個簡單的手印，然後攤開掌心來，「你看見什麼了嗎？」

蘇星南點頭：「有啊，有一個藍色的小光點，這是什麼術法？」

許三清大喜，用力拍了蘇星南一下，哈哈大笑起來：「為師就知道你有出息，竟然無師自通開了天眼。好徒兒，真不愧是我看上的好徒兒！」

許三清雖然瘦小，但這些日子也給蘇星南養胖了不少，這幾下大巴掌拍下來，蘇星南連忙捉住他手：「什麼開天眼？上次你給我開天眼我都暈了，我怎麼能自己開天眼呢？」

「上次是我強行用符咒把你的天眼打開，你尚未能控制自身靈氣，靈氣便從天眼洩了出去，這次你是自己開的，你當然就能控制自身靈氣不往外洩了。」許三清說到這，忽然愣住了，「咦？符咒？咦？開天眼？」

「怎麼了……咦？」蘇星南眼睛一眨就明白過來，他冷著臉瞇著眼，盯著許三清道，「好師父，你該不會想告訴我，你這幾天教我定身咒，卻是錯給了我開天眼用的的符吧？」

「這，其實、其實符只是一種介質，我聽師父說，他可以凌空施法不必畫符呢……」許三清活像被蛇盯上的青蛙，討好地乾笑著往後退。

「許三清！」

「救命啊！」

同時爆發出來的兩聲大叫，許三清沒逃出幾步就被蘇星南拎小貓一樣扔到床鋪上去，迅速出手襲向他身上要害。

「哈哈哈哈哈！」

此要害非彼要害，許三清一邊笑一邊瘋狂地扭動著躲閃，自從蘇星南無意間發現他怕癢，每次他發怒的時候就要撓到他笑哭了才願意停手：「不要、不要！我認輸了，是我不好，救命啊！」

「罵我笨蛋很爽是不是？拍我頭說我木頭腦袋很好玩是不是？本少爺從來就沒被人質疑過才智！」蘇星南幾天的鬱悶都爆發了，用力按住他手腳撓他。

許三清也的確敏感得很，摸一把腰也要笑，不一會他就笑得快窒息了，眼角全是淚：「不……不要……我錯了……對不起……別，不要……咳咳……」

看許三清已經笑得喘不過氣來，蘇星南才冷哼一聲停下手來，許三清仍在顫抖抖地側著身子咳嗽，掙扎間披頭散髮，十分狼狽。

蘇星南這才緩了臉色，伸手去給他順背。

「呼呼、呼呼……」許三清躺在床上喘大氣，清瘦的身體因玩鬧而生起了異樣的熱，蘇星南的手搭在他背上，從頸椎到尾椎，慢慢掃下去，複又撫回來，往復了幾下後，不覺自己也喘起氣來。

許三清本就在睡覺，只穿著一件單衣，掙扎間一條大腿早已經從下襬裡露了出來，斜斜地靠在蘇星南小腿上，目光再往上，鬆散的領口，清晰可見一片平坦的胸膛因激動而泛紅，起伏的乳尖小巧如豆，煞是可愛。

這一切並非勾引，卻十足挑逗。蘇星南連忙別過臉去，就想起身。

「星南……」許三清卻偏在此時說話，臉上一片異樣的紅，語調也不太正常，「你快點回去。」

「嗯？」許三清這麼一催，蘇星南倒是不急著走了，他頂著許三清越來越奇怪的臉色問，「怎麼了？」

「你、你反正快點離開！」許三清說著，把身子往床鋪上壓了壓，「幫我關門。」

「……三清，你怎麼了？」蘇星南見許三清渾身發紅發燙，伸手就去摸他額頭，不想移動間大腿碰了碰他的腰，許三清「嗯」了一聲，猛地把他推了開去，「我讓你走開！」

「咦？」蘇星南往後一仰，跌坐在床尾處，許三清橫眉怒目地瞪著他，一副惱羞成怒的樣子讓他大惑不解，但他目光稍往下一寸，便立刻明白了。

許三清那小傢伙精神十足地翹了起來，頂得衣襬都隆起了一塊！

曾經兩次被許三清無意挑起情欲的蘇星南，頓時有種天道好輪迴蒼天饒過誰的痛快，他彎起嘴角來笑笑：「原來如此。」

「原來什麼，如此什麼！」許三清發火了，捉起軟枕就扔蘇星南，「準是你半夜鬼喊鬼叫，讓我真氣走岔，都快走火入魔了你還笑！」

「什麼？走火入魔?!」蘇星南一愣，忘了躲閃，硬是被許三清砸中了。

「渾身發熱，頭腦發暈，不受控制，行為失常，這不是走火入魔是什麼！」許三清一邊說一邊就推蘇星南下床，「你快走，別看我這樣，我真要發瘋了也很難對付的，快走。」

「等一下，你、你沒試過？」蘇星南一把捉住許三清手腕，果然熱乎得很。

「我怎麼會試過！」

許三清師父早亡，無人跟他解釋閨房事，雖然有聽過雙修，也只是知道這必須兩個人一起練功，不知道到底是什麼個修法；加之長期餓肚子，身體發育也遲緩。這些天被蘇星南貴客一樣供奉著，才終於讓這原始本能覺醒了。

蘇星南看許三清急得滿臉通紅，衣料掩映下的玉柱也是粉紅粉紅的，喉舌都乾燥了起來，他用力把許三清拉到懷裡，猛地握住了許三清精神的傢伙，許三清「啊」一聲驚呼起來：「幹什麼！」

「師父別怕，這不是走火入魔，是你長大成人的必經階段。」蘇星南攬著許三清，讓他靠在自己胸膛上，低頭在他耳邊溫柔解說，「我年紀比你大，這事情我懂，你別怕，我來幫你，一會就好。」

「長大成人？唔嗯！」許三清一愣，但未及細問，蘇星南就已經開始上下撫弄了起來，許三清臉紅耳赤，本能地覺得這不對：「別……這地方……很髒的……你別摸……」

「不髒，你不是洗過澡了嗎？很香啊。」說著，蘇星南就在許三清鬢髮邊上用力吸了一口氣。只是普通的皂角香，但混在一片男子麝香體味裡，便恍惚有了催情的作用。

蘇星南心裡砰砰直跳。

「嗯……那你，唔，快點……啊，不、不，慢、慢點……啊！」蘇星南的套弄其實說不上多麼高明，但對付許三清實在太足夠了，揉弄了幾下，許三清已經繃直了腿，情不自禁地攏上手去，握住蘇星南的手帶動他往自己感覺舒服的地方去，「這裡，摸這裡……」

蘇星南深深吸了口氣，許三清這天真又淫蕩的反應讓他一下收緊了懷抱，手下用盡，狠狠擼了兩把，又去揉弄他兩邊囊袋。

「痛……別這麼用力……」許三清嗚咽一聲，隨著蘇星南的姿勢變化微微夾起了腿，把蘇星南的手困在自己會陰處小小的空間，一片溫熱濡濕。

蘇星南輕輕地「啊」了一聲，低下頭去咬了許三清耳朵一下，「你真沒跟蘭一學過什麼？」

「嗯？什麼？」許三清被層層疊疊冒上來的快感衝暈了頭，迷濛著一雙眼轉過頭去看蘇星南。

蘇星南心口一窒，伸出舌頭去繞著許三清的唇舔了一圈。

「唔嗯！」

濕潤的挑逗一激，一股細小的液體便汩汩溢出，許三清連忙躲開蘇星南的舌頭，羞紅著垂下頭去，兩手用力地套弄起來，液體越來越多，濕漉漉地淋濕了柱身，蘇星南拍開他的手，用指甲搔刮起那張開的小孔來。

「啊啊！不要，別，不要！」許三清掙扎起來，最敏感的頂部被蘇星南獨占著，他只能無助地揉著囊袋和根部，高潮在即，兩處俱是蝕骨銷魂，許三清受不住了，嗚嗚地悲鳴起來，真真切切地流下了眼淚來。

蘇星南見他情動已極，便好心地放開了，裹住許三清的手一起揉搓，許三清咬著唇梗著脖子往後仰，直靠到了蘇星南肩膀上，才腰上一顫，射出第一遭潔白的童精。

許三清頓時脫力，整個人軟在蘇星南懷裡，蘇星南扶他躺好，便走到床尾洗臉架處，在那盆涼水裡洗手。

許三清翻個身趴在床上，抱著棉被挺不好意思地看著蘇星南的背影，蘇星南回過頭來，他立刻就刷紅了臉，抱著棉被坐起來：「謝、謝謝你……」

「嗯？謝我？」蘇星南玩味地看著他，「謝我什麼？」

「謝謝你幫我，幫我做這件事……」許三清臉紅得要滴血，「這個事情，是不是只做這一次就好了？」

「這個，不好說。」蘇星南忍著笑，「但是如果你以後想做的時候就叫我，不可以隨便跟別人來，知道不？」

「我才不會叫別人來！」許三清說罷，連自己都覺得害羞，「我不可以自己做嗎？」

「可以，但是，弟子服侍師父不是天經地義嘛。」蘇星南想了想，「這事情只能讓大弟子做，以後你就算新收了徒弟也不能讓他做。」

許三清錯愕：「為什麼？」

「不為什麼，你不相信我？」不行，快要笑場了。

「我信，我相信你。」許三清連忙點頭，「不過，我也不習慣讓別人服侍……你不要說出去，我以後會自己處理。」

「你不是第一次做嗎？怎麼會有習慣不習慣的呢。」蘇星南看著他笑，那神情十足像他最鄙夷的登徒浪子。

「要你管！」許三清終於被他笑得炸毛了，跳下床去就把他往外推，「你快回去睡覺，不准告訴別人。」

「是是是，弟子遵命。」蘇星南走到門外，忽然回轉身子，扣住許三清後腦勺，嘴唇湊到他耳邊用氣息說了一句話，「晚安。」

許三清腳都軟了一下，連忙把他推出去，「砰」地關上了門。

蘇星南看著那緊閉的門，無奈地笑了笑，回房間去做同樣的事情了。

第十五章

這一夜插曲讓許三清對蘇星南彆扭了起來，還好蘇星南早已處之泰然，說開了話以後，也就漸漸過去了，單純如許三清，也就真的把這事當作成人典禮一樣藏在心裡就算了，沒有往別的地方想。

蘇星南一邊慶幸他單純，一邊又惱他單純，徒留自己一個煩惱。

蘇星南非常肯定自己沒有斷袖分桃的癖好，也曾經對美女起過愛慕之心，除了許三清，他對任何搔首弄姿的小倌或者娼道都沒有興趣，只覺非常不堪。

但問題是，他並不十分清楚這分興趣到底是什麼，是看許三清單純天真所以忍不住戲弄他，還是真的就想執子之手與子偕老呢？

蘇星南裝模作樣地問許三清：「師父，書中常說的雙修是什麼呢？」

許三清卻一點也不尷尬：「具體怎麼修我也不知道，但我知道蘭一曾經找楊大哥修過，要不你問問他？」

蘇星南一身冷汗：「別，千萬別……」

「雖然雙修之法一直被貶為不正統的修行，但師父說，若是跟同樣道行的知心好友認真交流過以後，也是可以偶爾為之的，對衝破瓶頸很有些作用。」許三清依舊認真地解釋，「而且師父說，真想修行之人，不管怎麼修，都是殊途同歸的。」

「……嗯。」同樣道行的知心好友，偶爾為之。蘇星南都不知道該從何開始反駁了。

唉，既來之，則安之吧。

兩人繼續一邊趕路一邊學習，許三清擺了一次烏龍後非常謹慎，加上蘇星南悟性過人，十來天時間裡蘇星南對道法的運用可謂突飛猛進，儘管還沒能像許三清那樣開壇請靈，算卜陰陽，也能使出些簡單的咒法了。

不覺間，京城已經近在咫尺。

距離京城尚有一日路程時，蘇星南給許三清買了幾套平常男子衣衫，讓他換上：「朝廷有令，道士跟和尚都不能進入京城，你把道服收起來吧，記得收好，別被人看見。」

「……你一定要好好學道法，然後告訴皇上，我們真的不是騙人的。」許三清垂頭喪氣地換上平常衣裝，碧綠色的深衣顯得他更年幼了幾歲，「你怎麼讓我穿得跟棵蔥一樣呢。」

「隨手買的，沒太注意。」蘇星南噗嗤一下笑了，解下他的九梁巾，拆散他髮髻，才發現買的髮簪也是一根碧色髮簪，「哈哈，這下更像了。」

「哼，我是大蔥，你就是蘿蔔！」許三清氣呼呼地嘟著嘴，揪著蘇星南一身白作文章。

「不知道是誰老愛看著我這個蘿蔔流口水啊？」

「我想到蘿蔔燜牛腩不行嗎？」許三清心虛了，從前他會坦蕩直率地說「那是因為你好看」，可自從做過那件事以後，他就覺得尷尬了，只會挑蘇星南沒注意的時候大膽看他俊帥的側臉，挺拔的背影，甚至是擱在桌子上纖長有力的手指，沒想到還是讓他發現了。

「好好好，進城了我帶你去花滿樓吃蘿蔔燜牛腩，那你不用流口水了吧？」

「好！」

輕易被食物收買了的許三清順從地換了一身綠蔥，跟蘇星南進京了。

一路走來許三清也能感覺到四周越發繁華，但真正進入了京城，尤其越往市集靠近，新鮮得無法說清的熱鬧，還是讓他一下子雀躍了起來，才剛剛從色目人雜耍攤前走開，沒幾步又被木偶戲攤子給定住了腳。

「你喜歡的話，我晚上帶你去西市逛逛。」蘇星南輕輕攬過他的肩，把他跟人群隔開，也略略催促他加快腳步，「現在我要先回一趟大理寺。」

「你去你去，我在這裡等你就好了。」許三清戀戀不捨地回過頭來，「這裡這麼多好玩的，我能看一整天。」

「……你還是聽我的，不要到處跑的好。」京城裡各式各樣的人都有，公子哥兒更是不少，蘇星南極度不放心許三清這隻大肥羊自己在外面溜達，「而且大理寺也有很多積壓的奇案，你來幫我一下好不好？」

許三清聽蘇星南這樣說，便點頭了：「正經事要緊，那就隨你回大理寺吧。」

蘇星南心中感嘆，明明那麼依依不捨，但聽到要幫助別人，就立刻答應了，這到底是他本性如此，還是師公教導有方呢？

兩人一路往大理寺走去，方到門前，恰好一個身穿官服的人走出來，一見蘇星南便快步上前作揖，問候了幾句大人久見之類的話，蘇星南也只是淡淡跟他應酬幾句，便繼續往裡走了。

許三清印象中的大官就是每個人看見就跪的，走路都帶風的威風模樣，但見蘇星南一路走來，同僚都只是鞠躬作揖，聞言問好，不禁揶揄道：「哎，看來你這官也不算很大啊！」

蘇星南心裡發笑，這話簡直能叫那些寒窗苦讀的學子以頭搶地了：「大理寺最高長官是寺承大人，就算不算他，少卿也有兩位，大概真不算很大的官。」

「數人頭你也能到第二嘛，還好還好。」許三清以為蘇星南真的為自己的話而介意，便趕忙轉了口風，「咦？又來了一個人。」

只見迎面了一個身穿盤領青袍，腰纏銀鈒花帶的青年人慢悠悠地往這邊走來，不同於之前見的人溫良謙恭，那人走路時瞻天望地，腰背也是疏散，一副懶洋洋的樣子，他見了蘇星南也不作揖，直接就扯著嘴角皮笑肉不笑地埋怨道：「蘇大人微服私巡好悠閒啊，不知道那些懸案解決了幾樁？」

蘇星南也斂起了禮貌的風度，與他針鋒相對起來：「既然知道那都是懸案，要解決的話費時必多，上官大人又何故只准我去兩個月？」

「因為我工作做不完啊。」

「去你的上官昧！」蘇星南咬牙切齒，「憑什麼我們俸祿一樣我卻要做得比你多，啊？」

上官昧乾笑兩聲：「哎呀蘇大人天才橫溢，斷案如神。在下才疏學淺，眼蒙耳聾，實在不敢勉強，以免讓人蒙上不白之冤。」

許三清從未見過蘇星南如此失態與人爭吵，剛想要不要勸架，蘇星南已經猛地出手，直襲向上官昧前額了。

「哎！」上官昧還是懶懶地往後一挪身子，似乎是無心，動作卻極快，剛好躲過了那額前一掌，卻不想蘇星南那只是佯攻，另一隻手已經握了成拳，從他腰間收了回來，拳頭一鬆，就落下一塊白色軟玉，「第十一盤，我贏。」

「切，還不是我被你身邊的小兄弟的花容月貌給分了神！」上官昧撇撇嘴角，這是個真實地不服氣的表情了。

許三清傻眼了：「你們兩位到底是仇家還是朋友，是打架還是玩耍，我要勸架還是作裁判？」

蘇星南被他逗笑了，回過頭來把許三清拉到身邊來介紹起來：「三清，這位就是大理寺另一位少卿，上官昧；上官昧，這是我的朋友許三清。」

許三清知道在京城裡若是說出他們是師徒關係恐有不便，也默認了這個身分，抬手向上官昧作揖：「上官大人你好。」

「許小公子你好。」上官昧笑咪咪看著他，「聽口音，不是京城人士吧？」

許三清第一次被人叫小公子，有些得意起來：「嗯，我從蘇杭來的。」

「哦，那到京城來是遊玩啊，還是辦事啊？」上官昧繼續笑咪咪，「在公，我跟同僚們的感情比蘇大人要好多了，交托給我我一定能幫上忙；在私，從懷古踏青到煙花柳巷我都無比熟悉，找我盡地主之誼也比找蘇星南好哦。」

許三清一時被上官昧的熱情嚇到，又想起楊宇跟蘭一的事情，不禁臉上泛紅，正要推卻，蘇星南卻是施施然開口了。

「上官大人，別獻殷勤了，三清是如假包換的男人，不是女扮男裝。」

上官昧的表情當下從歡喜轉變為嫌棄，又撇著嘴角跟蘇星南埋怨起來：「你越來越不正常了，竟然跟個男人出雙入對！」

「是大人你自己才疏學淺，眼蒙耳聾，才會把他誤認為女人的。」

以子之矛攻子之盾，上官昧那嫌棄的表情又轉換成了理虧的微慍：「哼，他就是長得跟小姑娘一樣不信你帶他回家讓你爹瞧瞧，他也一定以為是兒媳婦！」

蘇星南皺眉：「上官昧，輸了就揭人短處，有損雄辯聖手之威名啊。」

「我可不是揭你短處，是你爹剛好送了信過來，我才提到的。」好像是為了證明自己沒胡謅一樣，上官昧把手伸進袖子裡掏了起來，「他還說蘇星泰也回來了，正準備娶親，你有空就回去吃飯。」

蘇星南這才閉了嘴，等上官昧給家書給他，可是上官昧掏了好一會以後，還是空手伸了出來：「忘記帶了。」

「……」蘇星南修養再好，差一點就要動手打人了。

「哎，總之話帶到了就是，我回家了啊。」上官昧還是那麼嬉皮笑臉，懶懶散散地擺擺手，爾後就真的大搖大擺地出了門，離開大理寺了。

許三清目定口呆：「回家？這、這不是才中午嗎？大理寺這麼早就辦完公務了？」

「他跟我們活在不同的世界，我們不要管他。」話雖如此，蘇星南卻無責怪之意，領著許三清就往自己辦公的書房走，「除了皇上大概沒人能讓他記起時辰是用來做什麼的。」

「嗯？時辰是用來做什麼的？」許三清忽然也想不起來了。

「……咳咳，小心門檻。」蘇星南轉開了臉。

「啊，對了，你們剛才說輸贏是怎麼回事？為什麼忽然打架？你為什麼搶他東西？」許三清對這個能跟蘇星南叫板的人非常感興趣。帥，實在太帥了，竟然能讓蘇星南乖乖聽話連他那份工作都做了，一定要向他學習學習。

「我們是同期進入大理寺的，又都會幾下拳腳，便打賭看能否從對方身上偷取物件，誰知道一打賭就打賭了四年呢。」

四年，兩人都是這般不服輸的性格，必定見縫插針地偷襲對方，但竟然只能分了十一次勝負，許三清打了個哆嗦，原來上官昧不是懶貓，是睡虎。

「你稍坐一下，我整理一下這些積壓的文書，就帶你回家休息。」進了書房，屋裡已經有一壺沏好的清茶了，蘇星南讓許三清自便，自己跑到書案前忙碌起來。

許三清捧著個茶杯過來湊熱鬧：「哦，那我能不能對你的家人說出，我是你的師父的身分？」

蘇星南搖頭：「首先，我不住我父親那裡。其次，即使真見了我的家人，你也不能對他們說出自己的身分。」

「為什麼？」許三清委屈地扁嘴。

「我父親名諱上蘇，下承逸，別人叫他郡王爺。」蘇星南說，「那你明白了？」

「咦？郡王?!」許三清嘴巴長開得能塞下一個雞蛋，「可是，可是皇帝姓李，你姓蘇啊！」

「我祖父是開國功臣，追封謚號為泰康郡王，我父親世襲了封號。」蘇星南一併解釋了，「那個要娶親的蘇星泰是我大哥，不過我早已經有嫂嫂，嫂嫂是吏部尚書的千金，脾氣可不少，這大概是他二房還是三房侍妾吧。我也記不清了，不會很正式的，我公務繁重，就不去了。」

蘇星南解釋完了就繼續工作了，許三清呆呆站著，沉吟著這兩個名字。

「星泰，星南……」

長子名字是晨星泰斗，次子卻是謫星以南。蘇星泰早已和大官女兒成家，還能娶幾房侍妾；蘇星南卻淪為政治聯姻的籌碼，與一個民間富商女子結親，楊雪佯死逃婚，也沒有人開棺驗屍為蘇星南討個明白，致使他蹉跎三年。

世上並無丈夫為妻子守喪的慣例，蘇星南身為皇家子孫卻能如此，雖然說也是他個性使然，但也從一個側面反映了，他們家對他的婚姻大事是何等的冷淡。

「他們不疼你。」

許三清忽然沒頭沒尾地說了一句話，蘇星南錯愕抬頭：「什麼？」

「他們不疼你。」許三清放下茶杯，雙手撐在桌子上看著著蘇星南的眼睛認真地說道，「沒關係，師父疼你，你是師父的心肝寶貝！」

蘇星南嚇得咳了好幾聲，幾乎被口水嗆死，無奈之餘，嘴角也泛起了笑容，他抬起手來揉了揉許三清的頭髮：「弟子謝過師父了。」

「我是說真的。」許三清捉住他那揉亂自己頭髮的手，「你想學什麼我都會教你，你想去哪裡我都會陪你，你想要什麼我都會給你，我是說真的！」

「……」蘇星南待了片刻，笑著捏了捏他肉了一些的手掌，「那你幫我把這些卷宗給看了，歸納個大概意思給我聽。」

「好！」

許三清答應得爽快，可捧起那之乎者也的案牘文書來，不到三行字就流著冷汗放棄了：「不好意思，師父我要反口了……」

——《鎮魂鈴・上卷》完

高寶書版集團
gobooks.com.tw

FH041

鎮魂鈴 上

作　　者　風花雪悅
繪　　者　兔仔
編　　輯　林雨欣
校　　對　小玫
美術編輯　陳思宇
排　　版　彭立瑋
企　　劃　李欣霓

發 行 人　朱凱蕾
出　　版　朧月書版股份有限公司
　　　　　Hazy Moon Publishing Co., Ltd
地　　址　臺北市內湖區洲子街88號3樓
網　　址　www.gobooks.com.tw
電　　話　(02) 27992788
電　　郵　readers@gobooks.com.tw（讀者服務部）
傳　　真　出版部　(02) 27990909　行銷部 (02) 27993088
郵政劃撥　50404557
戶　　名　英屬維京群島商高寶國際有限公司台灣分公司
發　　行　英屬維京群島商高寶國際有限公司台灣分公司
初版日期　2022年9月

國家圖書館出版品預行編目(CIP)資料

鎮魂鈴 上 / 風花雪悅著.-- 初版. -- 臺北市：朧月書版股份有限公司出版：英屬維京群島高寶國際有限公司臺灣分公司發行, 2022.09-
面；　公分. --

ISBN 978-986-06814-4-4(第1冊：平裝)

857.7　　110014499

朧月書版

朧月書版